*Los Tres Investigadores*
*en*
**Misterio**
**del**
**caballo**
**decapitado**

## TÍTULOS PUBLICADOS EN ESTA COLECCIÓN

1. MISTERIO EN EL CASTILLO DEL TERROR
2. MISTERIO DEL LORO TARTAMUDO
3. MISTERIO DE LA MOMIA
4. MISTERIO DEL FANTASMA VERDE
5. MISTERIO DEL TESORO DESAPARECIDO
6. MISTERIO EN LA ISLA DEL ESQUELETO
7. MISTERIO DEL OJO DE FUEGO
8. MISTERIO DE LA ARAÑA DE PLATA
9. MISTERIO DEL RELOJ CHILLÓN
10. MISTERIO DE LA CUEVA DE LOS LAMENTOS
11. MISTERIO DE LA CALAVERA PARLANTE
12. MISTERIO DE LA SOMBRA RIENTE
13. MISTERIO DEL GATO DE TRAPO
14. MISTERIO DEL DRAGÓN
15. MISTERIO DE LAS HUELLAS FLAMEANTES
16. MISTERIO DEL LEÓN NERVIOSO
17. MISTERIO DE LA SERPIENTE SUSURRANTE
18. MISTERIO DE LA CASA QUE SE ENCOGÍA
19. MISTERIO DEL LAGO FANTASMA
20. MISTERIO EN LA MONTAÑA DEL MONSTRUO
21. MISTERIO DEL ESPEJO EMBRUJADO
22. MISTERIO DEL TESTAMENTO SORPRENDENTE
23. MISTERIO DEL PERRO INVISIBLE
24. MISTERIO DE LA MINA MORTAL
25. MISTERIO DEL DIABLO DANZANTE
26. MISTERIO DEL CABALLO DECAPITADO
27. MISTERIO DEL CÍRCULO MÁGICO
28. MISTERIO DEL DOBLE MORTAL
29. MISTERIO DEL ESPANTAPÁJAROS SINIESTRO
30. MISTERIO DEL ARRECIFE DEL TIBURÓN
31. MISTERIO DEL MENDIGO DE LA CARA CORTADA
32. MISTERIO DE LOS SALVADORES DEL ESPACIO

*Alfred Hitchcock*

*y*

Los Tres Investigadores

*en*

# Misterio del caballo decapitado

*Texto de Robert Arthur*

EDITORIAL MOLINO

Título original:
THE MYSTERY OF THE HEADLESS HORSE


Traducción de
RAMÓN MARGALEF LLAMBRICH

Cubierta de
BADÍA - CAMPS

Ilustraciones de
R. ESCOLANO


Apartado de Correos 25
Calabria, 166 - Barcelona (15)

ISBN: 84-272-4926-8
Depósito Legal: B. 26.013-1982

Impreso en España Printed in Spain

LIMPERGRAF, S. A. --- Calle del Río, 17 nave 3 --- Ripollet (Barcelona)

# Presentación a cargo de Alfred Hitchcock

¡Bienvenidos de nuevo al mundc de los Tres Investigadores, esos jóvenes y tenaces detectives que de vez en cuando tengo el placer de presentaros! Los muchachos en cuestión acaban de dar fin a una de sus más notables e instructivas aventuras. Y creo que la misma merecerá vuestra atención.

¿Qué podría ser más destacable que la solución de un misterio que se remonta a la época de la guerra contra México? En este misterio intervienen un caballo decapitado, una legendaria y enjoyada espada y un trío de bribones olvidados hace mucho tiempo, cuyo tortuoso rastro ha de ser reseguido al cabo de más de 130 años. ¿Y qué podría resultar más instructivo que descubrir que unos antiguos y polvorientos documentos históricos no siempre dicen la verdad? En definitiva, hay que tener presente que debemos aprender a leer entre líneas.

Tal es el carácter del desafiante misterio que nuestros jóvenes detectives desentrañan en las páginas siguientes. Sus esuerzos son estimulados por los más dignos móviles:

el generoso deseo de prestar ayuda a la orgullosa y honorable familia Álvaro, cuyos miembros son descendientes de los primeros ciudadanos de California, y el natural deseo de buscar emociones y aventuras. Al abordar este último caso, se pone de relieve nuevamente el ingenio y el valor que les ha hecho famosos entre los amantes de los relatos misteriosos de todo el mundo.

¿Cómo? ¿Me estáis diciendo que no habíais oído hablar nunca de los Tres Investigadores? Pues entonces tenéis que apresuraros a trabar relación con ellos inmediatamente. El jefe del trío es el terriblemente inteligente Jupiter Jones, cuyos poderes mentales sólo son superados por... su peso. Sus compañeros son Pete Crenshaw, un muchacho alegre y musculado, con tendencia irreprimible al nerviosismo, y el formal y estudioso Bob Andrews. Los tres chicos viven en la población costera de Rocky Beach, en California, no lejos de Hollywood. Tienen su cuartel general en un viejo remolque escondido en el fantástico "Patio Salvaje" de los Jones.

Bueno, pues ya habéis sido presentados. Ahora, pasad a la página siguiente y seguid a los Tres Investigadores, rumbo al misterio y al peligro... ¡si es que tenéis suficiente valor para ello!

ALFRED HITCHCOCK

CAPITULO 1

# Un encuentro accidentado

—¡Eh, Jupe! Diego Álvaro quiere hablar contigo —dijo Pete Crenshaw cuando salía por la puerta principal de la Escuela Central de Rocky Beach.

Las clases de aquella jornada habían llegado a su fin. Sus amigos Jupiter Jones y Bob Andrews le esperaban ya fuera del edificio.

—No sabía que tú conocías a Álvaro —manifestó Bob, dirigiéndose a Jupiter.

—Realmente, es muy poca la relación que he tenido con él —replicó Jupiter—. Figura en el Club de Historia de California como yo, pero siempre se ha mostrado muy reservado. ¿Qué es lo que desea, Pete?

—No lo sé. Se limitó a preguntarme si podría verte a la puerta del campo de deportes, cuando terminaran las clases. Deseaba saber si disponías de tiempo para eso... Se condujo como si se tratara de algo muy importante.

—Es posible que necesite los servicios de los Tres Investigadores —declaró Jupe, esperanzado.

Jupiter, Pete y Bob componían un equipo juvenil de detectives, y llevaban ya demasiado tiempo sin ocuparse de ningún caso.

Pete se encogió de hombros.

—Podría ser. De momento es a ti a quien él quiere ver.

—Iremos a su encuentro los tres —ordenó Jupe.

Pete y Bob asintieron, echando a andar junto a su pesado amigo. Estaban habituados a secundar siempre las indicaciones de Jupiter. Por su condición de cerebro rector de los Tres Investigadores, Jupe era generalmente quien adoptaba las decisiones. En muchas ocasiones, sus amigos le oponían reparos. Pete, que era un muchacho alto y de cuerpo atlético, desaprobaba la costumbre de Jupe de hacer frente al peligro audazmente cuando andaban ocupados con algún caso. Bob, un chico esbelto y muy formal, sentía admiración por los rápidos destellos de inteligencia de Jupe, aunque ocasionalmente se rebelaba ante sus decididos arranques. Pero ocurría que la vida cotidiana no resultaba nunca monótona si Jupiter andaba por en medio. Poseía la misteriosa habilidad de olfatear los misterios y sabía dónde encontrar nuevas emociones. La mayor parte del tiempo, los tres chicos se comportaban como unos amigos totalmente compenetrados.

Después de doblar una esquina del edificio de la escuela, se internaron en una calle lateral silenciosa, delimitada por unos árboles. Los muchachos se encogieron dentro de sus abrigos. Más adelante, localizaron una puerta por la que se entraba al campo de deportes del centro escolar. Era aquélla una tarde del mes de noviembre, un jueves, y aunque el día era sumamente soleado, soplaba una helada brisa.

—No veo a Diego —dijo Bob, ajustándose las gafas, en el momento de aproximarse a la puerta el trío.

—Mira, en cambio, a quién tienes allí —contestó Pete, haciendo una mueca de desagrado.

No lejos de la puerta se encontraba aparcado un pequeño vehículo, una camioneta abierta. Bueno, tenía tanto de camioneta como de turismo, realmente. Tratábase de uno de esos vehículos bautizados con el nombre de "ranchera" o "familiar". Un hombre de ancho rostro y fornido aspecto, que se tocaba con un sombrero de vaquero y vestía una chaqueta de algodón y pantalones *blue jeans* y calzando botas, se había sentado sobre uno de los guardabarros delanteros. Junto a él se encontraba un muchacho flacucho de larga nariz. En la puetra de la camioneta habían sido escritas con elegantes y doradas letras dos palabras: "Norris Ranch".

—¡Skinny (1) Norris! —exclamó Bob, frunciendo el ceño—. ¿Qué estará haciendo...?

Antes de que Bob pudiera terminar la frase, el otro los localizó, comentando, entre desagradables risas:

—¡Vaya! ¡Pero si es el gordo Sherlock Holmes y sus dos torpes sabuesos!

Skinny, es decir, Skinner Norris, era un antiguo enemigo de los Tres Investigadores. Hijo único, malcriado y consentido, de un acomodado hombre de negocios, Skinny andaba siempre dándose aires de superioridad e intentando demostrar que era más inteligente que Jupiter. Siempre fracasaba, verdaderamente, en sus propósitos, pero se las arreglaba con frecuencia para causar molestias a los detectives. Tenía

(1) *Skinny*, equivale precisamente a flaco. (*N. del T.*)

una ventaja sobre ellos... Les llevaba unos cuantos años, se hallaba en posesión de su carnet de conducir y tenía un coche deportivo. Los Tres Investigadores envidiaban su movilidad, tanto como lamentaban su actitud hostil.

Jupiter no podía pasar por alto las palabras de Skinny, burlonas y ofensivas. Deteniéndose a poca distancia de la puerta, inquirió con naturalidad:

—¿Has oído tú, Bob, hablar a alguien?

—Seguro que no he visto a nadie —contestó el aludido.

—Sin embargo yo estoy convencido de haber olido a alguien —dijo Pete, husmeando—. Se trata de un animal o cosa...

El fornido vaquero sentado en el guardabarro se echó a reír, fijando la mirada en Skinny. Éste enrojeció. Avanzó en actitud amenazadora hacia los Tres Investigadores, apretando los puños. Estaba a punto de contestar a las palabras de Pete cuando allí se oyó una nueva voz:

—¡Jupiter Jones! Siento haberme retrasado. Estoy muy interesado en pedirte un favor.

Un muchacho de cuerpo delgado y fuerte, de oscuros ojos y negros cabellos, quedó enmarcado en la puerta del campo de deportes. Se mantenía tan derecho al moverse que daba la impresión de ser más alto de lo que era en realidad. Vestía unos ajustados pantalones de vaquero azules y una camisa blanca holgada de polícromas costuras, calzando botas bajas de montar. Hablaba el inglés sin acento, pero en sus modales había algo que hacía pensar en los antiguos modales españoles.

—¿De qué favor se trata, Diego? —preguntó Jupiter.

Skinny Norris se echó a reír.

—¿Pero esto qué es, gordo? Ahora resulta que eres amigo de uno de esos inmigrantes furtivos que se nos cuelan aquí desde México, ¿eh? ¿Por qué no haces lo posible para que vuelva cuanto antes a su lugar de procedencia? Esto sí que sería hacernos a todos nosotros un buen servicio.

Diego Álvaro giró en redondo. Movióse con tanta rapidez y agilidad que se quedó plantado frente a Skinny antes de que éste hubiese cesado en sus risas.

—Vas a retirar esas palabras en seguida —afirmó Diego—. Vamos, discúlpate.

Su menor estatura y mayor juventud no restaban firmeza a la actitud de Diego, inmóvil ante su oponente. Era en aquellos instantes todo un gran señor español, digno, serio, seguro de sí mismo.

—¡Bah! No digas tonterías —repuso Skinny—. Yo no me disculpo ante ningún mexicano.

Sin mediar una palabra más, Diego propinó a Skinny una bofetada.

—¿Cómo te atreves, mequetrefe...?

Skinny derribó de un solo golpe al chico. Diego, instantáneamente, se puso en pie de un salto, intentando a su vez golpear a su adversario. El grandullón volvió a derribarlo. Diego se levantó de nuevo, tornó a caer y volvió a levantarse. Skinny dejó de sonreír. Echó a Diego a un lado, hacia el centro de la calle, mirando a su alrededor, como en demanda de alguien que se decidiera a intervenir para acabar con aquel desigual encuentro.

—¿Es que no va a haber nadie que convenza a este menudo de que...?

Jupiter y Pete echaron a andar hacia ellos. El fornido vaquero, riendo, puso los pies en el suelo, abandonando el guardabarros en que había estado sentado hasta entonces.

—Bueno, Álvaro, ya está bien. ¡Basta, he dicho! Vas a conseguir que éste te haga daño y...

—¡Déjalo!

Todos se quedaron paralizados. La seca orden había sido proferida por un hombre que daba la impresión de haber caído del cielo. Era físicamente la versión de una figura adulta del físico de Diego. Aunque de mucha mayor estatura, su cuerpo tenía la misma construcción que la del chico. Los ojos y los cabellos eran idénticos. Vestía también unos desgastados pantalones de montar y una adornada camisa. Calzaba unas rozadas botas. La camisa, oscura, con costuras rojas y amarillas, hacía juego con el sombrero negro, rodeado de *conchos,* unas piezas circulares de plata. La faz de aquel hombre tenía una expresión altanera, y sus ojos eran fríos, duros.

—Que nadie medie en esto —añadió el recién llegado—. Los chicos deben acostumbrarse a dirimir sus diferencias entre ellos, sin intervención de nadie.

El vaquero se encogió de hombros, apoyándose en la "ranchera". Intimidados por la seriedad de aquel hombre los Investigadores se limitaron a observar la escena. Skinny miró a los muchachos con unos ojos centelleantes y giró para fijar la vista de nuevo en Diego. En el centro de la calle, el chico apretó los puños, echando a andar.

—Bueno, tú te la has buscado —dijo Skinny fieramente, apartándose de la acera.

Los dos muchachos se aferraron mutuamente dentro del espacio que quedaba entre la "ranchera" y el siguiente vehículo aparcado. De repente, Skinny dio un salto hacia atrás, con objeto de poder propinar a Diego un golpe decisivo, que pusiera al chico fuera de combate.

—¡Cuidado! —gritaron Bob y Pete, a la vez.

Al retroceder, Skinny se había colocado en la trayectoria de un coche que se acercaba velozmente. Como no apartaba los ojos de Diego, aquél no se había dado cuenta del peligro que corría.

Oyose un chirriar de frenos... Sin embargo, el coche, al parecer, no podría detenerse a tiempo...

Diego se lanzó alocadamente sobre Skinny, alcanzándole de lleno con uno de sus hombros, en un precipitado intento de sacarle fuera del camino del turismo. Los dos chicos cayeron a tierra. El coche patinó a su lado, ¡para detenerse a unos cinco metros más lejos!

Dos inmóviles figuras yacían sobre el piso de la calle. Los presentes se apresuraron a acercarse a ellas, aterrorizados.

Finalmente, Diego se movió, incorporándose lentamente, sonriente. ¡No había sufrido ningún daño! ¡Skinny también se hallaba ileso! La embestida de Diego acababa de salvarle la vida.

Muy contentos, Bob y Pete dieron unas palmaditas amistosas en la espalda a Diego. En aquel momento, se les aproximó el conductor del turismo.

—Lo hiciste con la misma rapidez con que lo pensaste, hijo. ¿Te encuentras bien?

Diego asintió. El hombre del turismo le dio las gracias, asegurándose antes de retirarse de que Skinny también se hallaba en perfectas condiciones. No obstante, el grandullón permanecía todavía tendido en el suelo. Estaba palidísimo y tembloroso.

—¡Has tenido mucha suerte, muchacho! —musitó el vaquero al ayudar a su amigo a ponerse en pie.

—Creo... creo que él me salvó la vida —declaró Skinny.

—¡Desde luego! —exclamó Pete—. Sería mejor que le dieras las gracias.

Skinny asintió, a disgusto.

—Gracias, Álvaro.

—¿Me das las gracias? —inquirió Diego—. ¿Es eso todo?

Skinny le miró, muy confuso.

—No comprendo...

—Todavía no he oído ninguna frase de disculpa —replicó Diego, sin inmutarse.

Skinny contempló en silencio el turbado rostro del chico.

—Has de retirar lo que dijiste —le exigió Diego.

Skinny se ruborizó.

—Si eso significa tanto para ti, de acuerdo, retiro lo dicho. Yo...

—Pues me doy por satisfecho —contestó Diego, dándole la espalda y alejándose de él.

—Bueno, un momento... —empezó a decir el grandullón.

A continuación, se fijó en Bob, Pete y Jupiter, muy sonrientes. Su afilada faz se oscureció a causa de la ira que sentía. Encaminóse a toda prisa hacia la "ranchera".

—¡Cody! —gritó—. ¡Vámonos de aquí en seguida!

La mirada del vaquero pasó del rostro de Diego al del orgulloso desconocido, plantado ahora junto al muchacho.

—Ustedes dos han sido los causantes del incidente —declaró Cody—. Como en tantas otras ocasiones...

Seguidamente, se instaló en la "ranchera", junto a Skinny. El vehículo se alejó de aquel lugar rápidamente.

CAPITULO 2

# El orgullo de los Alvaro

Las acusadoras palabras de Cody resonaban todavía en los oídos de los Tres Investigadores cuando se fijaron en el gesto de Diego, en aquel momento con la vista siguiendo a la "ranchera". El chico se mostroba apesadumbrado.

—¡Siempre anda por en medio mi estúpido orgullo! —exclamó—. Esto será nuestra ruina.

—No, Diego —dijo el hombre—. Has procedido perfectamente. Para un Álvaro, el orgullo y el honor son antes que nada.

Diego se volvió hacia sus amigos.

—Os presento a Pico, mi hermano. Es el jefe de nuestra familia. Pico, te presento a mis amigos Jupiter Jones, Pete Crenshaw y Bob Andrews.

Pico Álvaro, muy serio, muy formal, saludó a los chicos. No contaría más de veinticinco años. Pese a sus viejos pantalones de vaquero, a sus desgastadas botas, a su usada camisa, se advertía en el joven el aire de un antiguo noble español.

—Gracias por vuestra presencia, chicos. Sé que, como amigos, habríais salido en defensa de mi hermano, de haber hecho falta.

—No hay de qué —contestó Jupiter en español, acompañando sus palabras con una reverencia.

—¡Ah! ¿Hablas español, Jupiter? —inquirió Pico, sonriendo.

—Puedo leerlo —respondió Jupiter, un poco avergonzado—, pero no lo hablo. Bueno, mi español, al menos, no es tan bueno como su inglés.

—No es necesario que conozcáis dos idiomas —dijo Pico, cortésmente—. Nosotros nos sentimos orgullosos de nuestros ascendientes y, en consecuencia, hablamos español. Pero somos americanos, como vosotros, así que también el inglés es nuestro lenguaje.

Antes de que Jupe pudiera contestar a estas palabras, Pete intervino en la conversación, impaciente.

—¿Qué ha pretendido insinuar Cody con sus palabras —inquirió el muchacho.

—¡Bah! Ése habla siempre por hablar —manifestó Pico, desdeñosamente.

Diego declaró, nervioso:

—No sé qué decirte, Pico. El señor Norris...

—No importunes a los demás con nuestros problemas, Diego.

—¿Tienen ustedes algún problema? —preguntó Jupiter—. ¿Por causa de Cody y Skinny Norris?

—Una cuestión sin importancia —informó Pico.

—¡No digas que no tiene importancia querer robarnos nuestro rancho! —objetó Diego.

Bob y Pete se quedaron boquiabiertos.

—¿Vuestro rancho? ¿Cómo...?

—Cálmate, Diego —recomendó Pico—. Robar es una palabra muy fuerte.

—¿Qué otra palabra podríamos emplear en este caso?

Pico se quedó en actitud reflexiva durante unos momentos, explicando luego:

—Hace varios meses, el señor Norris compró el rancho inmediato al nuestro. Se propone adquirir otros ranchos próximos para formar uno de gran extensión. En plan de inversión, creo. Quiso adquirir el nuestro... Pero, el rancho es todo lo que poseemos y, si bien nos ofreció una fuerte suma, nosotros nos negamos a vender. El señor Norris se enfadó mucho.

—Se puso tan furioso como un semental acorralado —señaló Diego, con una mueca de burla.

—Fijaos en esto... —continuó diciendo Pico—. Dentro de nuestras tierras queda, en Santa Inés, una especie de pequeño pantano. Pensando en su gran rancho, el señor Norris necesita el agua allí contenida. Al negarnos a vender, nos ofreció más dinero. Persistimos en nuestra negativa. Finalmente, se ha esforzado por demostrar que no somos los propietarios legales de nuestras tierras. En esto anda equivocado. Nosotros somos los dueños legales de ellas.

—Llegó a ordenar a Cody que dijera al *sheriff* que nuestro rancho supone un peligro en caso de incendio en el bosque, debido a que no disponemos de hombres suficientes para atenderlo —señaló Diego, enfadado.

—¿Quién es ese Cody? —quiso saber Bob.

—El capataz del rancho del señor Norris —explicó Pico—. Norris, hombre de negocios, simplemente, no sabe nada acerca de la explotación de un rancho.

—¿Dio crédito el *sheriff* a las afirmaciones de Cody? —inquirió Pete—. ¿Qué tal marcha vuestro rancho en la actualidad?

Pico suspiró.

—Nos vamos defendiendo, pero disponemos de poco dinero. Nos hemos retrasado en el pago de los impuestos. El señor Norris se enteró de esto, dando los pasos necesarios para que las autoridades embargaran el rancho, para comprarlo posteriormente a ellas. Tuvimos que pagar esos impuestos rápidamente, así que...

—Recurrieron entonces a la hipoteca, ¿no? —aventuró Jupiter.

Pete frunció el ceño.

—¿Qué es una hipoteca, Jupe?

—Un préstamo que se da sobre una casa, unas tierras, o ambas cosas a la vez —contestó Jupiter—. En el caso de que el préstamo no sea devuelto, el Banco se queda con la casa o las tierras.

—De manera que uno consigue un préstamo con el fin de pagar los impuestos a las autoridades y lograr que éstas no te quiten el rancho. Pero luego hay que devolverlo, si no quieres que el Banco se quede con tu propiedad. Aquí se sale uno de la sartén para ir parar al fuego, me parece —dijo Pete, muy pensativo.

—Verás... —explicó Jupiter—. Los impuestos hay que pagarlos de golpe, en su tiempo, pero el préstamo se puede devolver en una serie de pagos pequeños. Siempre hay que devolver más dinero, ya que junto con el capital es preciso abonar los intereses. Sirve para ganar tiempo, y es más fácil efectuar la devolución en pequeñas cantidades.

Pico manifestó, con un dejo de irritación en la voz:

—Ocurre, sin embargo, que un mexicano-americano en posesión de más tierra que dinero no consigue un préstamo bancario fácilmente en California. Un antiguo amigo y vecino, Emiliano Paz, nos dio la cantidad necesaria para pagar los impuestos. En estos momentos, no nos encontramos en condiciones de pagar la hipoteca... Por eso queremos recurrir a ti, Jupiter.

—¿A mí?

—Mientras yo viva, no será vendida más tierra de los Álvaro —afirmó Pico, con aire decidido—. Ahora bien, a lo largo de muchas generaciones, los miembros de mi familia lograron reunir numerosos muebles, objetos artísticos, libros, ropas y útiles diversos. Resulta doloroso separarse de cuanto tiene relación con nuestra historia, pero hemos de pagar lo que debemos y ha llegado el instante de vender lo que pueda ser vendido. He oído decir que tu tío Titus compra todas esas cosas, abonando por ellas precios razonables.

—Es cierto —declaró Pete—. Y para él, cuanto más viejos sean esos artículos mejor...

—Creo que tío Titus se sentirá encantado con su propuesta —contestó Jupiter—. ¡En marcha!

Jupiter, huérfano de padres, vivía en las cercanías de Rocky Beach con sus tíos, Titus y Mathilda. En la misma calle en que se encontraba la pequeña vivienda, frente a ésta, se hallaba el negocio familiar: el "Patio Salvaje" de los Jones. Aquella super-chatarrería era famosa en toda la costa meridional de California. No solamente había allí las habituales mercancías de segunda mano —viejas tuberías y vigas, muebles baratos, corrientes, y dispositivos usados—, sino también algunos maravillosos tesoros que el tío Titus había ido acumulando: paneles de madera labrada, piezas de mármol para cuartos de baño, enrejados de hierro forjado...

Tío Titus dejó en manos de su esposa, Mathilda, el gobierno del curioso establecimiento por aquella jornada. A él lo que verdaderamente le gustaba era localizar elementos susceptibles de ser vendidos en su reputado "Patio Salvaje". Solía asistir a todas las subastas, a las liquidaciones de algunos negocios, principalmente garajes, a la venta de artículos desechados por causa de un incendio. Nada mejor para él que la oportunidad de hacerse con cosas pertenecientes a una antigua familia. Tal como Jupe y Pete habían aventurado, dio un salto de alegría al oír la propuesta de los Álvaro.

—¿Qué estamos esperando ya? —inquirió, con los ojos muy brillantes.

Minutos más tarde, la camioneta de tío Titus se encaminaba hacia el norte, alejándose de la costa del océano Pacífico, yendo en busca de las más próximas montañas, al pie de una de las cuales se hallaba el rancho de los Álvaro. Hans, uno de los dos fornidos bávaros ayudantes de tío Titus, conducía el vehículo, llevando al viejo y a Diego al lado. Jupiter, Pete, Bob y Pico viajaban detrás, en la parte abierta de la camioneta. Aquélla era una tarde de noviembre soleada, pero unas oscuras nubes estaban congregándose por encima de las montañas.

—¿Será posible que esas nubes traigan por fin alguna lluvia? —inquirió Bob.

No había llovido desde el mes de mayo. Sin embargo,

las lluvias invernales podían empezar a caer en cualquier momento.

Pico se encogió de hombros.

—Pudiera ser. Ésas no son las primeras nubes que nosotros vemos este otoño. Podremos utilizar inmediatamente el agua. Nuestro rancho tiene la ventaja de contar con un depósito, pero ha de ser llenado cada año. En estos instantes, el nivel del agua es muy bajo.

Pico paseó la mirada por la reseca campiña, de un tono ocre, moteada por polvorientos robles.

—En otro tiempo —dijo—, todas estas tierras pertenecieron a los Álvaro. A un lado y a otro de la costa y más allá de las montañas, todo era propiedad de nuestra familia. Habría unas doce mil hectáreas...

—La hacienda de los Álvaro —confirmó Bob con un gesto de asentimiento—. Nos han hablado en más de una ocasión de ella en las clases. Se trataba de una concesión territorial ordenada por el rey de España.

—En efecto —dijo Pico—. Nuestra familia lleva en el Nuevo Mundo mucho tiempo. Juan Cabrillo, el primer europeo que descubrió California, la reclamó para España en 1542. Pero Carlos Álvaro se encontraba en América ya con anterioridad... Era uno de los soldados que acompañaron a Hernán Cortés, el conquistador, cuando éste derrotó a los aztecas, apoderándose del sur de Méjico en 1521.

—¡Válgame Dios! ¡Pero si eso fue un centenar de años antes de que los Peregrinos desembarcaron en Plymouth Rock! (1) —exclamó Pete.

(1) Los Peregrinos fueron los primeros emigrantes ingleses que se establecieron en la costa este de los actuales Estados Unidos de América. (*N. del T.*)

—¿Cuándo llegaron los Álvaro a California? —inquirió Jupiter.

—Mucho más tarde —respondió Pico—. Tuvieron que transcurrir más de doscientos años, tras el descubrimiento de Cabrillo, para que los españoles decidieran establecerse en California. Ésta quedaba muy lejos de la capital de Nueva España, en México, y por el camino habían de enfrentarse con fieros indios y un país hostil. Al principio, los españoles sólo podían llegar a poner los pies en California por vía marítima.

—Llegaron a pensar incluso que se trataba de una isla, ¿no? —aventuró Jupe.

Pico asintió.

—Eso es lo que ocurrió por algún tiempo. Luego, en 1769, el capitán Gaspar de Portolá dirigió una expedición hacia el norte, llegando a San Diego por tierra. Le acompañaba uno de mis ascendientes, el teniente Rodrigo Álvaro. Portolá descubrió la Bahía de San Francisco, estableciendo finalmente una colonia en Monterrey, en 1770. Camino del norte, Rodrigo, nuestro ascendiente, vio la zona conocida ahora con el nombre de Rocky Beach, decidiendo más tarde establecerse en ella. Solicitó la concesión al gobernador provincial de California, siéndole otorgada en 1784.

—Yo creía que había sido el rey de España quien le concediera las tierras —señaló Pete.

Pico hizo un gesto afirmativo.

—Y así fue, en cierto modo. Oficialmente, todas las tierras de Nueva España pertenecían al rey. Pero los gobernadores de México y California estaban autorizados para hacer concesiones en su nombre. Rodrigo fue designado propietario de cinco ligas cuadradas, es decir, más de once mil hectáreas. En la actualidad, sólo poseemos unas cincuenta...

—¿Pues qué fue lo que pasó? —preguntó Bob.

Pico miró a un lado y a otro.

—Verás... Tal vez se impuso la justicia. Nosotros, los españoles, arrebatamos las tierras a los indios, y otros nos las quitaron a nosotros. Al correr de los años fueron naciendo muchos Álvaros. Las tierras se dividieron una y otra vez. Algunas se vendieron, otras se abandonaron... Los funcionarios oficiales y los enemigos de la familia, con sus tretas, se apoderaron de determinadas zonas. Nuestro patrimonio había sido tan grande que daba la impresión de no ir a agotarse jamás.

"Tras la incorporación de California a los Estados Unidos, hubo feroces disputas con respecto a los títulos de propiedad, y algunas pérdidas para atender al pago de los impuestos. Poco a poco, nuestro rancho dejó de ser rentable, por su escasa extensión. Pero nuestra familia siempre se había mostrado orgullosa de su ascendencia hispano-mexicana... Yo me llamo como el último gobernador de California, Pío Pico, y en nuestras tierras todavía existe una estatua del bravo Hernán Cortés... Por otro lado, los Álvaro se negaron a dejar de ser rancheros. Cuando no podían conseguir que sus tierras rindieran lo suficiente, vendían parte de ellas para poder subsistir.

—¡Y ahora el señor Norris pretende apoderarse de lo que queda! —sentenció Pete.

—No se saldrá con la suya —declaró Pico, con firmeza—. La tierra de que disponemos es pobre y en la actualidad no tenemos la necesaria para criar ganado. No obstante, vamos sacando adelante algunos caballos, tenemos aguacates, una pequeña huerta... Mi padre y mi tío trabajaron a menudo en la población para hacer frente a los gastos del rancho. Ya no están entre nosotros: murieron. Ahora, Diego y yo procederemos como si todavía existieran.

La camioneta llevaba ya algún tiempo trepando por una larga pendiente, en una parte ya montañosa. Finalmente, llegó a una zona espaciosa, despejada, regularmente llana. La carretera describía una curva hacia la izquierda, apuntando en dirección al oeste. Del centro de la curva salía un camino polvoriento que se dirigía hacia la derecha.

Pico extendió un brazo, señalando aquel camino.

—Por ahí se va al Rancho Norris.

Los investigadores divisaron a alguna distancia de allí los edificios de aquel rancho, pero no lograron distinguir ningún vehículo por sus inmediaciones. Se preguntaron si Skinny y Cody habrían regresado.

Al final de la curva, hacia el oeste, la carretera llegaba a un pequeño puente de piedra, sobre un reseco lecho o cauce.

—Ése es el cauce del río Santa Inés, que señala el límite de nuestras tierras —explicó Pico—. No correrá agua alguna por él mientras no llueva. Nuestra reserva se encuentra a cerca de dos kilómetros de aquí... Está en la vecindad de esos promontorios.

Las elevaciones a que se refería Pico se encontraban al otro lado del cauce, a la derecha de la carretera. Eran una serie de pequeñas, estrechas y empinadas estribaciones, una especie de largos dedos que iban en busca del norte.

Cuando la camioneta dejaba atrás el último promontorio, Pico señaló algo que quedaba arriba. Perfilándose contra el firmamento, todos vieron una estatua grande, la de un hombre que montaba un caballo encabritado. Este hombre mantenía en alto un brazo, como indicando a los miembros de un invisible ejército a seguirle.

—Hernán Cortés, el conquistador —manifestó Pico, orgullosamente—. Es el símbolo de los Álvaro. La estatua fue hecha por los indios, hace más de doscientos años. Cortés es el héroe de los Álvaro.

Más adelante, la tierra se allanaba de nuevo. Vieron otro puente, éste sobre un cauce profundo, seco.

—¿Otro pequeño río? —inquirió Pete.

—¡Ojalá fuera así! —exclamó Pico—. Pero la verdad es que se trata solamente de un arroyo. Tras las grandes tormentas, esta hondonada suele llenarse entonces de agua. No le llega agua de las montañas, como al Santa Inés.

La camioneta giró ahora hacia la derecha, siguiendo por un camino lleno de baches bordeado por aguacates. Un nuevo giro en el mismo sentido que el anterior, y el vehículo se internó en un ancho y despejado patio.

—Bienvenidos a la hacienda de los Álvaro —manifestó Pico.

Mientras se apeaban, los Investigadores vieron una casa de adobes alargada y baja de techo, que tenía las paredes enjalbegadas. La cubierta era de tejas rojas y las ventanas parecían hallarse muy embutidas en los muros. El tejado se prolongaba por uno de los lados mediante varios postes y vigas, cubriendo una terraza a nivel del suelo, bordeada por ladrillos. A la izquierda se encontraba un granero, también de adobes, de dos plantas. El terreno de delante de esta construcción había sido delimitado con una valla, formando un corral. Varios robles se destacaban en torno al granero y en otras partes de la hacienda. Bajo el nublado firmamento de aquel día de noviembre, todo daba la impresión de vejez, de cierto abandono.

A corta distancia de allí, al fondo, discurría el seco cauce que la camioneta había cruzado en la carretera principal. Luego, venían las elevaciones. Jupiter llamó la atención a su tío para que se fijara en la estatua.

—¿Está a la venta? —inquirió tío Titus rápidamente, mirando a Pico.

—No —respondió el joven—. Pero va usted a ver otras muchas cosas en el granero.

Hans dio marcha atrás, situando la camioneta junto al corral, mientras los otros se encaminaban a la entrada del granero. Dentro de éste no había mucha luz. Pico colgó su sombrero de una clavija antes de empezar a mostrar a sus acompañantes los tesoros de su familia. Tío Titus y los Investigadores se quedaron boquiabiertos al pasear la vista a su alrededor.

La mitad del largo edificio se hallaba ocupada por una serie de pesebres para caballos y toda clase de herramientas de trabajo. Pero la parte restante era un auténtico almacén. A partir del suelo y hasta el techo, veíanse mesas, sillas, baúles, escritorios, armarios, lámparas de aceite, telas de cortinajes, jarrones, bañeras... ¡Hasta un antiguo carruaje de dos ruedas había allí! El tío de Jupiter dio la impresión de haberse quedado sin habla al contemplar aquel fabuloso tesoro.

—Los Álvaro llegaron a poseer muchas casas —explicó Pico, una vez más—. Ahora sólo tenemos la hacienda, pero aquí han venido a parar millares de cosas de las otras viviendas.

—¡Se las compro todas! —exclamó tío Titus.

—¡Eh! ¡Fijaos! —señaló Bob—. Una armadura antigua! Un casco, un peto...

—¿Qué os parecen estas espadas? ¿Y esta silla de montar con adornos de plata? —inquirió Pete.

Los visitantes no se cansaban de admirar cuanto veían, moviéndose de un lado para otro, en aquel sorprendente almacén. Tío Titus había empezado a catalogar algunos objetos cuando, de pronto, se oyó una voz fuera. Levantó la cabeza. Las voces fueron dos ahora.

Todos se quedaron inmóviles, expectantes, prestando atención. Tornaron a oírse las voces... Con más claridad, en esta ocasión.

—¡Fuego! ¡Fuego!

¡Fuego! Todos se lanzaron en confuso tropel hacia la puerta.

CAPITULO 3

# ¡Fuego!

Mientras se alejaban del granero, los Investigadores percibieron un débil olor a humo que flotaba en el aire. Vieron a dos hombres en el patio que agitaban los brazos y daban voces.

—¡Pico! ¡Diego! ¡Por allí!

—¡Al otro lado del pantano!

Pico se puso muy pálido. Desde el corral, todos pudieron ver una columna de humo que se elevaba hacia el firmamento, poblado de nubes, partiendo desde las oscuras montañas del norte. Esto indicaba un terrible peligro, por la abundancia de mezquite y chaparral en la zona.

—Hemos llamado a los bomberos, requiriendo también los servicios del grupo de contraincendios del bosque —explicó uno de los hombres—. ¡De prisa! ¡Hemos de proveernos de azadas y hachas!

—¡Hay que trasladarse allí cuanto antes! —gritó el otro—. ¡Montad en vuestros caballos!

—¡Utilicen nuestra camioneta! —propuso Jupiter.

—De acuerdo —convino Pico—. En el granero están las azadas y las hachas necesarias.

Hans se apresuró a poner en marcha el motor de la camioneta. Los demás, entretanto, se hicieron con las precisas herramientas. Diego y tío Titus se acomodaron junto a Hans. Los otros subieron a la parte posterior, aferrándose a lo primero que hallaron a mano. La camioneta se puso en movimiento. Con palabras entrecortadas, Pico presentó a los dos hombres que habían dado la señal de alarma.

—Aquí, nuestros amigos Leo Guerra y Porfirio Huerta. Durante muchas generaciones, sus familias trabajaron para la hacienda de los Álvaro. Actualmente, Leo y Porfirio habitan en unas pequeñas viviendas situadas en la parte alta de la carretera, trabajando en la población. Sin embargo, también suelen echarnos una mano en las tareas de nuestro rancho.

Los dos hombres, menudos y de negros cabellos, saludaron cortésmente a los chicos. Luego, sus ansiosas miradas se perdieron en la lejanía, por encima de la cabina del vehículo. Hans había enfilado ya el polvoriento camino que conducía a las montañas. En sus arrugados rostros, curtidos por la intemperie, se descubría un gesto de preocupación. Ambos se frotaban las manos nerviosamente en sus viejos y remendados pantalones.

Más adelante, el humo se espesaba, acabando casi con la claridad del día. Los Investigadores creyeron ver al paso una gran huerta con acequias, así como un grupo de caballos que corrían hacia el sur. Al principio, la accidentada carretera se deslizaba paralela a un cauce y los promontorios, dividiéndose en dos al aproximarse a éstos. El fuego quedaba en la vía de la derecha. Hans dirigió la camioneta hacia la parte en que el humo era más denso. Aquí, el camino formaba un ángulo con el seco cauce, que terminaba bruscamente en la base de un rocoso macizo. Poco más allá de ese punto, el promontorio perdía altura. Entonces, los ocupantes de la camioneta pudieron ver a su derecha el muro de piedra del pequeño pantano. Por debajo, el cauce sin agua del Santa Inés culebreaba en dirección al sur. Allí estaba el depósito de que hablara Pico... No era más que un alargado estanque al pie de una elevación de poca altura. Mientras la camioneta corría alrededor de aquél, las llamas del incendio se hicieron visibles por entre las columnas de humo.

—¡Pare aquí! —gritó Pico al conductor.

El vehículo se detuvo con un fuerte chirrido de frenos a menos de cien metros del fuego, que avanzaba tenazmente Todos se apearon.

—¡Extendeos todo lo que podáis! —ordenó Pico—. Procurad abrir una zanja en la maleza. Arrojad la tierra y los hierbajos que vayáis arrancando a las llamas. Es posible que así podamos dirigir éstas hacia el pantano. ¡Daos prisa!

Se había formado un ancho semicírculo a ambos lados del cauce, por encima del gran depósito. Veíase una cortina de humo impresionante, por entre cuyos jirones resplandecían las llamas como agazapados y fantásticos diablos rojos. Los verdes matorrales iban transformándose rápidamente, a su paso, en infinidad de montones de ennegrecidas cenizas.

—Menos mal que el viento no sopla con mucha fuerza —comentó Pete—. ¡Manos a la obra, amigos!

Todos se extendieron frente a la línea de fuego, en continuo avance, empezando a abatir los arbustos y a arrancar los matorrales, dibujando con las azadas una estrecha zanja.

—¡Mirad allí! —dijo Bob, extendiendo un brazo—. Estoy viendo a Skinny y a su capataz, Cody.

Skinny y Cody y unos cuantos hombres estaban apeándose de la camioneta del rancho Norris y de otros dos vehículos. Armados también con hachas y azadas, empezaron a combatir el fuego por su lado. Jupiter descubrió allí, asimismo, al señor Norris, quien no cesaba de agitar los brazos, dando continuas órdenes.

Los dos grupos, que apenas podían verse a causa de las llamas y el humo, estuvieron trabajando durante largo rato. Guiándose por la altura del sol, que se dejaba ver ocasionalmente por entre el humo y las oscuras nubes, los Investigadores dedujeron que habría transcurrido algo así como media hora antes de que hicieran acto de presencia en el lugar todos los efectivos del condado perteneciente al servicio de contraincendios.

Los hombres del servico forestal actuaron con extintores y *bulldozers*. Los ayudantes del *sheriff* se sumaron a las fuerzas de Álvaro y Norris. Oyóse el rugido de los motores que accionaban a los camiones-cisterna de todas las unidades de Rocky Beach. A los pocos minutos caían sobre las llamas unos potentes chorros de agua.

Muchos vehículos particulares fueron puestos a disposición de las autoridades para que se encargaran del traslado de los voluntarios que aguardaban la ocasión de intervenir. Hans, al volante de la camioneta de tío Titus, no estuvo parado un momento. Los vehículos de los Norris, igualmente, enfilaron a buena marcha la carretera que conducía al sur.

Sobre las llamas volaron algunos helicópteros y viejos bombarderos de la Segunda Guerra Mundial, arrojando sobre aquéllas toneladas de agua y productos químicos extintores. Algunos de los aviones operaron sobre zonas invisibles para los que con las azadas y hachas luchaban contra el fuego. Otros lanzaron sus líquidos cargamentos sobre ellos, dejándolos calados.

Otra hora más... No había manera, al parecer, de ganarle la batalla al fuego. Las llamas seguían avanzando. Los hombres tuvieron que iniciar un movimiento de retirada, para no resultar asfixiados por efecto del humo. Sin embargo, lentamente, fue revelándose la ventaja que suponía la ausencia de viento y la decisión con que actuaran los hombres de los ranchos Álvaro y Norris. Las llamas, finalmente, parecieron vacilar. Oyóse entonces su rugido furioso, quedando cubierta la tierra de una densa cortina de humo. El fuego daba la impresión de estar acumulando fuerzas, de estar agrupándose como si de un ejército temporalmente atascado se hubiese tratado.

¡Aún no había sido vencido! Y los camiones continuaron haciendo viajes para sumar más y más combatientes a los que ya allí había.

—¡Seguid trabajando! —ordenaron los que capitaneaban a las distintas secciones—. ¡Las llamas todavía pueden ganarnos terreno cuando menos nos lo figuremos!

Diez minutos más tarde, Jupiter se incorporó, cansado, para secarse la sudorosa faz. En aquel instante, sintió que algo rozaba una de sus mejillas, exclamando, de repente:

—¡Está lloviendo, Pico! ¡Está lloviendo, tío Titus!

Comenzaron a caer sobre ellos unas gruesas gotas de agua. La larga fila de combatientes del fuego hizo una pausa en sus tareas. Los hombres miraron hacia las alturas. El fimamento pareció desgarrarse, y el agua bañó generosamente su rostros, ennegrecidos por el humo. Oyóse un siseo en las llamas, de las que salió más humo. Todos profirieron entusiastas vítores.

—¡Por fin llueve! —exclamó Bob, gozoso, ofreciendo el rostro al torrencial aguacero.

Empezaron a oírse algunos truenos...

Veíase humo por todas partes y algunas llamas continuaban contorneándose entre los matorrales, pero el peligro había pasado. Los que voluntariamente se habían ofrecido para la tarea de combatir aquel incendio comenzaron a retirarse. Los bomberos y los hombres del servicio forestal se encargarían del resto.

Con las caras ennegrecidas, las ropas mojadas y presas de un gran cansancio, las fuerzas de los Álvaro se congregaron en la carretera, junto al pequeño pantano. Hans no había regresado todavía de su última misión. El firmamento se trocó luego en una fina llovizna. A continuación, el firmamento pareció abrillantarse un poco.

—Vámonos de aquí —propuso Pico—. Regresaremos a pie. Nuestra casa se encuentra a un kilómetro y medio de aquí tan sólo. De otro lado, entraremos en calor si nos mantenemos en movimiento.

Cansados, mojados, pero contentos, los Investigadores echaron a andar por la carretera, en compañia de los demás. El estrecho y bacheado camino, cubierto ahora de barro, estaba lleno de vehículos y de hombres que se desplazaban lentamente hacia el sur. Frente a ellos se destacaba la elevación que separaba el cauce del Santa Inés del reseco arroyo.

Pico estudió a la gente por allí congregada y la fangosa carretera, dirigiendo su grupo hacia la izquierda.

—Existe una vía más corta y agradable para regresar a la hacienda —explicó a los Investigadores y al tío Titus.

Después de bordear el pantano, se plantaron en un promontorio cubierto de matorrales, en la base de la elevación mayor. Éste era el saliente que bloqueaba el arroyo por el lado occidental. Un sendero poco visible llevaba al cauce, a nueve metros por debajo del pantano. Antes de enfilar aquel camino, todos volvieron la cabeza. A un lado y otro del alargado estanque se veía la tierra como calcinada.

—Esa tierra quemada no retendrá el agua —dijo Leo Guerra, con una mueca de enojo—. Si continúa lloviendo, se producirá una inundación.

El grupo siguió andando por un cauce ahora un tanto cenagoso. En la orilla más apartada estaba el camino que atravesaba el rancho de Norris. También se veían por allí vehículos y hombres que regresaban a sus puntos de procedencia. Los Investigadores descubrieron entre ellos la "ranchera" de Norris, avanzando lentamente. Skinny se había acomodado detrás, en unión de varias personas. A su vez, vio a los chicos, pero seguramente estaba demasiado fatigado para reaccionar.

—¿Son ésas las tierras de Norris? —inquirió Bob.

Pico asintió.

—El cauce es nuestra línea de separación desde la carretera hasta corta distancia del pantano. Después, ese límite se alarga hacia el norte, por un breve trecho, adentrándose en las montañas. El estanque y el cauce de la parte superior quedan por entero dentro de nuestras tierras.

El alto y rocoso promontorio situado a la derecha del

grupo iba perdiendo ahora elevación paulatinamente. Más allá, los Investigadores divisaron la serie de montes que se orientaban hacia el sur. Pico les hizo abandonar el cauce más adelante, para deslizarse por un camino cubierto de hierbas que discurría por entre unas pequeñas colinas. Avanzaban en fila india, distrayéndose con la contemplación del paisaje no alcanzado por el fuego. En las laderas de los promontorios crecían numerosos matorrales, asomando por entre unas rocas de tonos oscuros. Se olía a humo todavía... Había cesado la lluvia, casi. Finalmente, el sol brilló entre dos nubes, desapareciendo después.

Pete todavía tenía energías suficientes para caminar con viveza, y Jupiter era una persona demasiado impaciente para mostrarse remolón. Los dos chicos no tardaron en situarse a la cabeza del grupo. Por último, al remontar la cuesta final del trayecto, los dos chicos llegaron a colocarse a unos veinte metros de distancia de sus compañeros.

—¡Jupe! —exclamó Pete, señalando algo hacia arriba.

En un promontorio, por encima de ellos, entre una nube de humo, acababa de ver a un hombre montado en un gran caballo negro... Sumidos en la luz del crepúsculo, los chicos fijaron la vista en aquel caballo encabritado, con sus macizas pezuñas, que parecían debatirse en el aire, saturado de humo, con su cabeza...

—¡No... no tiene cabeza! —tartamudeó Jupiter.

Era verdad: ¡aquel animal carecía de cabeza!

—¡Corramos! —aulló Pete.

CAPÍTULO 4

# El caballo decapitado

¡El caballo decapitado parecía ir a precipitarse sobre ellos por entre el humo!

Bob y Diego subían por la cuesta corriendo en el momento en que Pete y Jupiter se disponían a emprender la huida. Algo más atrás, tío Titus, Pico, Leo Guerra y Porfirio Huerta comenzaron a apretar el paso.

—¡No tiene cabeza! —gritó Pete—. ¡Es un fantasma! ¡Corramos!

Bob hizo un alto, fijando la vista en el caballo negro y su jinete en el instante en que la nube de humo se aclaraba levemente. Sus ojos se dilataron a consecuencia del asombro que experimentó.

—Jupe, Pete: se trata tan sólo... —comenzó a decir.

Diego se echó a reír.

—¡Es la estatua de Cortés, amigos! El humo daba la impresión de que estaba moviéndose.

—No puede ser la estatua de Cortés —objetó Pete—. El caballo de vuestra estatua tenía su cabeza...

—¿Qué dices? —Diego se quedó boquiabierto—. ¡La cabeza del animal ha desaparecido! ¡Alguien ha atentado contra nuestra estatua, Pico!

—Ya lo veo —respondió su hermano, al llegar con los otros a su altura—. Echemos un vistazo.

Subieron por la humeante ladera, en dirección a la estatua de madera. Los troncos de la montura y del jinete habían sido labrados en sendos bloques de madera. Las extremidades inferiores, los brazos, la espalda y la silla, trabajados separadamente, habían quedado incorporados con posterioridad a la porción principal del monumento. El caballo había sido pintado de negro, y adornado con rojos y amarillos, los colores de Castilla. Bajo la alta silla, unos toques de pintura hacían pensar en la existencia de una cubierta ornamental del caballo. El jinete había sido pintado de negro también. Pero su barba era amarillenta, sus ojos azules, y unos trazos rojos adornaban su armadura. La capa de pintura había sido muy afectada, con todo, por el paso del tiempo.

—La estatua era pintada de vez en cuando —explicó Diego—, pero en los últimos tiempos ha estado bastante descuidada. Yo creo que la madera ha comenzado a pudrirse.

Sobre las hierbas, junto al caballo, se encontraba su cabeza, con los hocicos entreabiertos, de un rojo desvaído. Pico señaló un recipiente metálico, situado en las inmediaciones.

—Esto es lo que ha arrancado la cabeza. Se trata de uno de esos cilindros metálicos en los que se envasan los productos químicos utilizados en la lucha contra el fuego. Debió de caerse de alguno de los helicópteros o aviones, al volar por encima del monumento.

Pete se agachó para estudiar la cabeza. La larga pieza de madera comprendía también la mayor parte del cuello del caballo. Había sido aquél un corte limpio. La cabeza y el cuello eran huecos. El artista, seguramente, había pretendido restar peso a la pieza antes de incorporarla al cuerpo del animal. Algo salía ligeramente por el cuello. Pete introdujo allí la mano, extrayendo lo que acababa de atraer su atención.

—¿Qué es esto? —preguntó.

—Veamos —dijo Jupiter, cogiendo el objeto.

Era un largo y estrecho cilindro de cuero con aplicaciones metálicas...

—Parece ser la funda de una espada —declaró Jupiter, lentamente—. Sí, es una vaina, algo semejante en su utilidad a la funda de una pistola. Sin embargo...

—Sin embargo, es demasiado grande —señaló Bob—. Una espada bailaría, por así decirlo, dentro de esto.

—Y no cuenta con nada que permita llevarla colgando de un cinturón —añadió Jupe.

—Dejadme ver —medió Pico, cogiendo aquello. En seguida asintió—. Jupiter tiene razón, en parte. No se trata de la vaina de una espada, sino de una funda, destinada a protegerla al no ser usada el arma. Esta funda da la impresión de ser bastante vieja. Tal prenda se utilizaba antiguamente con las espadas de gran valor...

Diego se sintió de repente muy excitado.

—¿Y si nos encontráramos ante la funda de la espada de Cortés? —inquirió—. Pete: mira dentro de la cabeza...

Pete se hallaba inspeccionando ya aquel hueco. Después, procedió a examinar el resto de la estatua. Hizo un movimiento de cabeza, denegando.

—En la cabeza no hay nada más... Ni tampoco en el cuello. Y los cuerpos y las extremidades son macizos.

—¡Tonterías, Diego! —saltó Pico—. Hace mucho tiempo que fue perdida la espada de Cortés.

—¿Era considerada una pieza de gran valor? —quiso saber Pete.

—Es lo que se supone, Pete —contestó Pico—, aunque yo, a veces, lo dudo. Puede ser que se tratara de una espada corriente, ensalzada por una fabulosa leyenda. La poseyó nuestra familia durante muchos años.

—¿Era verdaderamente la de Cortés? —inquirió Bob.

—Es lo que rezan nuestros documentos familiares —repuso Pico—. Uno de nuestros ascendientes, don Carlos Álvaro, el primer Álvaro del Nuevo Mundo, salvó en una ocasión al ejército de Cortés de caer en una emboscada. Como muestra de su gratitud, Cortés regaló a don Carlos la espada. Se cuenta que ésta era una espada de ceremonial, dada a Cortés por el rey de España. Se supone que estaba dotada de una empuñadura de oro macizo y adornada con piedras preciosas colocadas en el puño, en la vaina e incluso en la hoja de acero. Rodrigo Álvaro se trajo la espada aquí cuando se estableció en las que habían de ser nuestras tierras.

—¿Qué pasó después? —preguntó Jupiter.

—Desapareció en 1846, al principio de la guerra mexicana, por las fechas en que los soldados yanquis llegaron a Rocky Beach.

—¿Quiere usted decir que fue robada por soldados americanos? —inquirió Pete.

—Probablemente —repuso Pico—. Generalmente, los soldados, cuando operan en terreno enemigo, suelen apoderarse de las cosas de valor que van encontrando a su paso. Más adelante, los oficiales del ejército manifestaron con insistencia que nunca habían oído hablar de la espada de Cortés. Tal dijeran la verdad. Mi tatarabuelo, don Sebastián Álvaro, fue alcanzado por los disparos de los americanos al intentar huir. Iba a ser arrestado... Cayó al mar y su cuerpo no pudo ser localizado. El comandante yanqui de la guarnición de Rocky Beach se imaginaba que la espada había ido a parar al océano con él. El caso es que desapareció. Quizá no hubiera nada de esto y mi ascendiente llevara consigo una espada completamente corriente al emprender la huida.

Jupiter manifestó, pensativo:

—Nadie sabe realmente qué pasó con la espada... Ahora bien, alguien debió de poner esa vieja funda en el hueco de la estatua. Por otra parte...

—¡Pico!

Diego se había plantado en una pequeña altura, a un lado. Todos echaron a correr hacia él, mirando a los lejos, horrorizados. ¡Se había producido un incendio en el rancho de los Álvaro!

—¡Está ardiendo el granero también! —exclamó tío Titus.

—¡Daos prisa, muchachos! —chilló Pico.

Descendieron a toda prisa por la pendiente, marchando a campo traviesa, mirando continuamente las llamas, que se destacaban claramente en la lejanía. El humo de los edificios incendiados se mezclaba ahora con el que producía el fuego en el bosque. En el patio de la hacienda se encontraba un camión-cisterna del servicio de bomberos. Éstos intentaban situarse con sus mangueras lo más cerca posible

de la construcción principal. En el momento en que los hermanos Álvaro y sus amigos llegaban al patio, los tejados de aquélla y del granero se derrumbaban con estrépito. ¡Allí sólo iba a quedar un montón de humeantes ruinas!

—Aquí no hay nada que hacer —declaró uno de los jefes del servicio de contraincendios—. Lo siento, Álvaro. Algunas de las chispas del incendio del bosque han debido ser las causantes de esta catástrofe.

—¿Cómo ha podido suceder tal cosa? —inquirió Pete—. ¡Si entonces no soplaba el viento!

—A nivel del suelo, no —contestó el hombre—. Pero a cierta altura siempre sopla alguna brisa. El fuego da lugar a la presencia de una capa de aire caliente, por la que se esparcen las chispas. El viento de las alturas ayuda a que vayan a parar muy lejos, a veces. Lo sé por experiencia. De otro lado, no se necesitaba mucho para que las resecas maderas que componían los tejados de estas construcciones ardiesen. Y en cuanto el fuego se propagó por debajo de las tejas, la lluvia no podía apagarlo. De haber advertido con tiempo lo que ocurría hubiéramos podido salvar algo, pero a causa del espeso humo...

Dos muros de la antigua casa se abatieron ahora. Las llamas comenzaron a extinguirse rápidamente. Ya no había casi nada que las alimentara. Pico y Diego pasearon la vista a su alrededor, en silencio. Los chicos y tío Titus contemplaban aquella escena abatidos. No sabían qué pensar, ni qué decir...

—¡Las cosas del granero! —exclamó Pete, de repente.

Tío Titus, Bob y Jupiter giraron en redondo. También el granero era un montón de humeantes maderas, y aunque parte de las paredes se mantenía en pie, todo lo de dentro había ardido. ¡Tratábase de los objetos que el tío Titus había pretendido comprar a los Álvaro!

—Lo hemos perdido todo —manifestó Pico—. Y no teníamos ningún seguro. Todo ha terminado, sí, para siempre.

—¡Podríamos reconstruir la hacienda! —declaró Diego, muy decidido.

—Sí, pero ¿cómo podremos hacer frente a la hipoteca? Antes de pensar en reconstruir hemos de conservar la tierra.

—Tío Titus —dijo Jupiter—: usted se mostró de acuerdo en comprar a los Álvaro los objetos del granero. Éstos, en consecuencia, eran ya nuestros. Me figuro que debemos abonarles su importe.

Tío Titus vaciló primeramente, haciendo un gesto de asentimiento después.

—Sí, creo que tienes razón, Jupiter. Un trato es un trato, así que...

Pico movió la cabeza a un lado y a otro.

—No, amigos míos. Nosotros no podemos aceptar ese dinero. Gracias por su generoso ofrecimiento, pero todavía no lo hemos perdido todo: nos queda nuestro honor y nuestro orgullo bien entendido. Vamos a vender nuestras tierras al señor Norris. Con el dinero que por ellas nos dé liquidaremos la deuda que contrajimos con nuestro vecino. Supongo que en la población podremos hacernos de una casa donde vivir y que lograremos trabajo en alguna parte. También es posble que haya llegado el momento de pensar en el regreso a México del que habló Skinny.

—¡Pero es que vosotros sois más americanos que los americanos! —protestó Bob—. Los Álvaro componéis la familia más antigua de estas tierras.

Jupiter manifestó:

—Tal vez pudierais haceros del dinero que necesitáis por otro camino —aventuró el muchacho.

Los labios de Pico se distendieron en una sonrisa de tristeza.

—No se nos ofrece ninguna otra salida, Jupiter.

—Es posible que la haya —insistió el robusto jefe de los investigadores—. Pudiera resultar algo fantástico, pero... ¿Tenéis que efectuar esos pagos de que hablasteis inmediatamente? ¿Disponéis de algún sitio donde alojaros por algún tiempo?

—Podríamos instalarnos en la vivienda del señor Paz, nuestro vecino —contestó Diego.

Pico hizo un gesto afirmativo.

—En efecto. Y me parece que no diría nada si tardáramos unas semanas más en pagarle. Pero, bueno, Jupiter, ¿qué...?

—Verá. He estado pensando en la famosa espada de Cortés —explicó Jupiter—. Si fue robada durante la guerra mexicana debiera haber aparecido en alguna parte a lo largo de más de cien años. Los soldados debieron de haberla vendido a cambio de dinero. El hecho de que no apareciera en un lugar u otro me hace preguntarme si llegó a ser robada realmente. Puede ser que fuera escondida, tal vez como ha pasado con la funda que conocemos.

Diego respondió, ansiosamente:

—Tiene razón Jupiter, Pico. Nosotros...

—¡Bah! —saltó el joven—. Podría existir un centenar de razones que justificaran el hecho de que la espada no volvió a ser vista. Pudo haber caído al mar con don Sebastián, o ser destruida accidentalmente. Es posible que los soldados vendieran la espada a alguien, a una familia cuyos miembros han sabido conservarla de generación en generación. Por todo lo que sabemos, pudo haber ido a parar a... la China. Has formulado conclusiones basándote en la funda de la espada, pero piensa que la funda pudo haber pertenecido a Dios sabe qué otra arma. Pensar en dar con la espada de Cortés es una idea fantástica, infantil, y he de añadir que nosotros no lograremos nunca salvar nuestro rancho con fantasías.

—Puede ser que estés en lo cierto —reconoció Jupiter—, pero hemos de admitir que la funda no fue a parar a la estatua por casualidad. Hallándose la población llena de soldados enemigos, don Sebastián tenía excelentes razones para decidirse a ocultar una espada de valor. Me figuro que debiera ser buscada. Nosotros estamos dispuestos a ayudarles. Pete, Bob y yo tenemos experiencia en lo que se refiere al hallazgo de objetos perdidos hace mucho tiempo.

—Los tres forman un buen equipo de detectives —informó Diego a su hermano—. Demostrádselo, amigos.

Bob alargó a Pico una de las tarjetas utilizadas por el trío. En ella se leía:

LOS TRES INVESTIGADORES
"Investigamos todo"
? ? ?

Primer investigador ... ... ... ... Jupiter Jones
Segundo investigador ... ... ... Pete Crenshaw
Tercer investigador ... ... ... ... Bob Andrews

En el rostro de Pico apareció un gesto de escepticismo. Entonces, Jupiter le alargó una segunda tarjeta que contenía el siguiente texto:

*Certifico que el portador de la presente es ayudante voluntario de la policía, operando en colaboración con el destacamento de Rocky Beach. Agradezco anticipadamente cualquier facilidad que pueda dársele.*

Firmado: *Samuel Reynolds.*
*Jefe de Policía.*

—Ya veo, en efecto, que trabajáis como detectives —admitió Pico—. Sigo pensando, sin embargo, que se trata de una idea fantástica. ¿Quién va a ser capaz de encontrar una espada que fue perdida hace más de cien años?

—¡Déjales probar suerte, Pico! —rogó Diego.

—Nadie va a resultar perjudicado con ello —apoyó tío Titus.

Pico paseó la mirada por las destruidas construcciones de la hacienda, suspirando.

—Muy bien. Que lo intenten... Yo no os negaré mi ayuda, pero tenéis que perdonarme que no me muestre optimista. ¿Por dónde empezar? ¿Cómo?

—Ya se nos ocurirá algo —declaró Jupiter.

Poco después, llegó Hans con la camioneta. Los Álvaro se trasladaron a casa de su vecino, Emiliano Paz, en compañía de Guerra y Huerta. Los Investigadores emprendieron el regreso a la población. En la parte posterior de la camioneta, Pete inquirió:

—Es verdad, Jupe: ¿por dónde vamos a empezar?

Júpiter contestó con una sonrisa:

—Tienes la respuesta en tus manos.

—¿Sí?

Pete fijó la vista en la funda de la espada.

—No quiero despertar falsas esperanzas —explicó Júpiter—, pero he observado algo... En las aplicaciones metálicas de la funda he visto unos pequeños símbolos. Nos pondremos en contacto con el señor Hitchcock. Quizás él pueda mandarnos a alguien capaz de descifrar esas marcas.

Los ojos del jefe de los Investigadores brillaron.

—Tengo el presentimiento —añadió— de que sé ya cuál es su significado. Y, si no me equivoco, creo que hemos comenzado a andar por el camino que nos llevará al descubrimiento del paradero de la espada de Cortés.

CAPITULO 5

# Se inicia la investigación

—¡Fantástico! —exclamó el profesor Marcus Moriarty, con los ojos encendidos—. No existe la menor duda, jovencito... Estas marcas son el escudo de Castilla, con sus armas.

Aquel viernes por la tarde, los Tres Investigadores se hallaban sentados en el estudio del profesor Moriarty, en Hollywood. Por la mañana, Jupiter se había puesto al habla con Alfred Hitchcock, y el famoso director de cine habíale dicho dicho que su amigo Marcus Moriarty era en Los Ángeles el experto número uno en Historia española y mexicana. El señor Hitchcock habíase ofrecido para llamar al profesor con el fin de concertar una entrevista. Nada más dar fin las clases aquel día, los Investigadores pidieron a Hans que los llevara a la casa del profesor.

—Indudablemente, esta funda perteneció al rey de España hacia los principios del siglo dieciséis —continuó diciendo Moriarty—. ¿Dónde la encontrasteis?

Jupiter le habló de la estatua.

—¿Es esta funda suficientemente antigua como para haber contenido la espada de Cortés que poseían los Álvaro?

—¿La espada de Cortés? —El profesor enarcó sus cejas—. Desde luego, la funda data del mismo período que la espada. Pero, claro, la espada en cuestión se perdió con don Sebastián Álvaro, en 1846. A menos que... Oye, no irás a decirme que habéis encontrado la espada también, ¿eh?

—No, señor —replicó Bob.

—Todavía no —corrigió Pete, casi involuntariamente.

—Profesor —preguntó Jupiter—: ¿dónde podríamos documentarnos detalladamente sobre lo que le pasó a don Sebastián Álvaro en el año 1846? ¿Dónde encontraríamos informes sobre otros acontecimientos que tuvieron lugar hacia los mismos días?

—En la Sociedad Histórica de Rocky Beach creo que hay muchos papeles referentes a la familia Álvaro —manifestó el profesor—. También se guardan allí documentos del ejército de los Estados Unidos relacionados con la guerra mexicana y esta zona. Naturalmente, habréis de recurrir a dicha Sociedad para todo lo concerniente a la historia local desde los primeros tiempos. Se dispone en ella de unos archivos muy completos.

Los chicos dieron las gracias al profesor por sus informes, poniéndose en pie para despedirse de él.

—Advertiréis en seguida que el año 1846 es uno de los más interesantes —señaló el erudito—. Dentro de California, y de América, la guerra mexicana constituyó un episodio más bien extraño.

—¿Por qué, profesor? —inquirió Bob.

—El gobierno de los Estados Unidos declaró la guerra a México en el mes de mayo de 1846. No son pocas las personas que piensan que esto fue debido, simplemente, al deseo de apoderarnos de un trozo de territorio mexicano, incluida California. Muchos naturales de esta región se sentían a disgusto bajo el gobierno mexicano: los yanquis establecidos aquí, e incluso algunos de los antiguos rancheros españoles. Cuando los buques de la Armada estadounidense se apoderaron de los puertos clave de California, al principio de la guerra, no hubo en realidad resistencia alguna. Luego, quedaron estacionados los soldados a lo largo de la costa... Muchos de ellos eran voluntarios encuadrados antes en las expediciones exploratorias de John C. Frémont. Éste se hallaba en California por aquella época, y los hombres de su grupo actuaron como invasores incluso antes de que fuese declarada la guerra.

—Sí, en la clase de Historia de nuestro centro nos han hablado con frecuencia de Frémont —señaló Bob.

—Bien. Como ya he dicho, nadie ofreció resistencia alguna en los puertos, y todo parecía estar tranquilo. Por supuesto, muchos rancheros se hallaban disgustados con aquella situación, pero no presentaron una oposición organizada. Luego, el comandante yanqui que Frémont designó para Los Ángeles comenzó a actuar arbitrariamente, deteniendo a los rancheros locales y haciéndoles pasar por humillaciones innecesarias. El pueblo apeló a las armas. Sospecho que don Sebastián Álvaro fue una de las víctimas de la lamentable conducta del comandante. Estoy seguro de que don Sebastián, de vivir entonces, se habría unido a los iniciadores de la revuelta. Los miembros de la familia Álvaro eran leales a México. Me parece que un hijo de don Sebastián luchó en el ejército mexicano contra las fuerzas de invasión americanas.

"De todos modos, la lucha en California duró solamente

unos meses. California quedó en poder de los americanos. México la cedió oficialmente a los Estados Unidos al final de la guerra, en 1848.

—¡Caramba! —exclamó Pete—. ¡Qué época más emocionante! ¡Tuvimos una auténtica guerra en casa!

El profesor Moriarty miró a Pete severamente.

—La guerra, indudablemente, provoca muchas emociones, pero constituye una experiencia muy desdichada, catastrófica. Tienes que dar gracias a Dios por haberte deparado la ocasión de vivir en unos tiempos más pacíficos.

Pete pareció quedarse algo azorado y el profesor dulcificó su tono.

—Me imagino que vosotros, muchachos, sabéis encontrar emociones en todas partes. ¿Me equivoco al suponer que tenéis razones para pensar que la espada de Cortés puede encontrarse todavía en Rocky Beach, y que andáis en su busca?

—Se trata solamente de una corazonada, señor —manifestó Jupiter.

Los ojos del profesor se iluminaron.

—Como ha transcurrido tanto tiempo sin que la espada fuese vista por nadie, yo siempre pensé que todo lo concerniente a ella venía a componer tan sólo una leyenda, una fantástica historia. Ahora bien, me interesaría mucho hallarme al tanto de vuestros descubrimientos.

—Le tendremos informado, profesor —prometió Jupiter, quien dio efusivamente las gracias de nuevo al hombre por su ayuda.

Una vez en la calle, advirtieron que había empezado a llover. Hans había ido a hacer algo que le encargara tío Titus. Los chicos decidieron esperar su regreso. Se refugiaron bajo un árbol, donde apenas les alcanzaba la fina llovizna que caía.

—El profesor Moriarty se ha interesado mucho por la espada —señaló Pete—. Pienso que debe de haber muchas personas interesadas en resolver el caso.

—Sí —corroboró Jupiter, frunciendo el ceño—. Me parece, amigos, que de aquí en adelante será mejor que no hablemos de la espada de Cortés cuando sea posible. Hay que evitar por todos los medios que otros emprendan su búsqueda. Las palabras del profesor Moriarty han servido para confirmar la relación de la funda con la espada famosa. En consecuencia, existen muchas probabilidades de que logremos dar con ella en Rocky Beach.

—¿Vamos a visitar la sede de la Sociedad Histórica ahora? —preguntó Bob.

—Pues sí... Creo que éste ha de ser el paso que debemos dar en los presentes momentos —replicó Jupiter.

—¿Con qué propósito, Jupe? —quiso saber Pete.

—No lo sé, con exactitud —admitió el jefe de los Investigadores—. Sin embargo, pienso que necesitamos dar con algo que ponga de manifiesto que los hechos, en 1846, no se produjeron en la forma que cree la mayor parte de la gente.

Llovía mucho cuando Hans llegó. Los tres chicos se acomodaron en la cabina del vehículo, junto al fornido bávaro. Una vez en Rocky Beach, Hans les dejó en la Sociedad Histórica y marchó de nuevo para hacer otro recado. Los muchachos se apresuraron a refugiarse en el edificio.

En las silenciosas salas no había nadie. Las paredes de las mismas aparecían cubiertas de armarios y vitrinas, que contenían libros y objetos históricos. Los recién llegados se pusieron al habla con el encargado, quien ya les conocía de otras ocasiones, y sabía de su fama. Les saludó esbozando una sonrisita irónica.

—Bueno, ¿y qué es lo que están investigando ahora mis jóvenes Sherlocks? —preguntó el hombre—. ¿Pretendéis averiguar el paradero de algún gatito perdido o andáis detrás de algo más importante?

—Tan importante como la... —replicó Pete, fanfarrón.

No pudo terminar la frase porque Jupiter pisó uno de sus pies con fuerza, haciéndole proferir un quejido.

—Lo siento —dijo Jupiter, con una blanda sonrisa, mirando al encargado— No andamos ocupados en ningún caso... Sólo queremos ayudar a Bob, quien ha de redactar para su clase de Historia un pequeño estudio sobre la familia Álvaro.

—Pues aquí tenemos, en efecto, unos documentos que pueden serviros.

—¿Será posible también que conserven archivados los informes del ejército de los Estados Unidos sobre don Sebastián Álvaro? —inquirió Jupiter con toda naturalidad.

El hombre les llevo dos archivadores atestados de papeles. Los chicos contemplaron los mismos, desalentados.

—Aqui tenéis todos los informes militares de 1846 —dijo el encargado, sonriendo—. A los soldados de aquellos días les agradaba producirlos en abundancia.

Los Investigadores se instalaron en un rincón de la sala con los archivadores que acababan de serles facilitados.

—Yo me ocuparé de los documentos de los Álvaro —decidió Jupiter—. Entretanto, vosotros examinaréis los informes del ejército. Están redactados en inglés.

Los muchachos se pasaron las dos horas siguientes muy

ocupados, mirando papel tras papel, buscando detalles referentes a don Sebastián Álvaro o a la espada de Cortés. El encargado estaba atareado, catalogando nuevos materiales, apartado de los chicos. Nadie más andaba por aquellas salas. Y sólo se oía, de vez en cuando, algún gemido de Pete, al finalizar la lectura de otro aburrido informe castrense.

Dos horas más tarde, los investigadores habían dado fin a su trabajo, disponiéndose a dar cuenta de sus hallazgos. Bob y Pete tenían delante tres documentos, copias de unos originales pertenecientes al ejército de los Estados Unidos, fechados en 1846. Jupiter se había hecho con un solo y amarillento papel.

—Se trata de una carta escrita por don Sebastián y dirigida a su hijo —explicó Jupiter—. Es todo lo que he podido encontrar de importancia. Don Sebastián la redactó hallándose arrestado en una casa de Rocky Beach. Su hijo era oficial del ejército mexicano y se hallaba en la capital del país vecino.

—¿Qué se dice en esa carta, Jupe? —preguntó Pete.

—La verdad es que está escrita en español antiguo, que me resulta bastante difícil de entender —admitió Jupiter, preocupado—. Por lo que yo deduzco, aquí se afirma que los soldados americanos detuvieron a don Sebastián, y que éste permanecía detenido en una casa que quedaba junto al mar. Se habla de algunos visitantes y de que todo acabaría andando bien, proponiéndose don Sebastián ver nuevamente a su hijo en cuanto fuese un hecho la victoria sobre los invasores. No sé si ahí se contiene una velada alusión a su fuga. No estoy seguro con respecto a este extremo. La carta está fechada el 13 de setiembre de 1846, y no se habla en ella para nada de ninguna espada.

—¡Caramba, Jupe! Ten presente que se hallaba arrestado —señaló Pete—. Puede ser que se valiera de una clave o algo por el estilo.

—Desde luego, lo que dices tiene sentido —convino Júpiter—. Será mejor que recurramos a Pico, para que nos traduzca la carta palabra por palabra. Luego...

—No sé qué os parecerá esto, amigos —dijo Bob, mostrándoles un documento de carácter militar—. Es una carta escrita por las fuerzas armadas estadounidenses al hijo de don Sebastián, José, cuando éste regresó al hogar, tras la guerra. En ella se dice que el ejército de los Estados Unidos lamenta la muerte trágica de don Sebastián, producida, al intentar fugarse, el 15 de setiembre de 1846. Se alega que los soldados no pudieron proceder de otro modo, a causa de que don Sebastián iba armado e intentó oponer resistencia. El hombre cayó al mar al ser alcanzado por los disparos. Del suceso dio cuenta el sargento James Brewster, siendo confirmado por el cabo William Macphee y el soldado S. Crane. Eran las personas que prestaban servicio en la casa en que estaba detenido don Sebastián.

—Todo eso lo sabíamos ya —declaró Pete—. Nos lo dijo Pico.

Jupiter se hallaba desconcertado.

—La carta no confirma en su totalidad la historia referida por Pico—. ¿Qué hay acerca de...?

—El informe original del sargento Brewster fue adjuntado a la carta —manifestó Bob, muy grave—. Da cuenta de los mismos hechos, pero además se especifica en el informe que don Sebastián se hallaba armado con ¡una espada!

Pete y Jupiter miraron a Bob, desanimados.

—El sargento supuso que la espada había sido entregada

a don Sebastián, ocultamente, por algún visitante —continuó diciendo Bob—. En consecuencia, supongo a mi vez que don Sebastián cayó al mar con su espada.

Jupiter se quedó con la mirada fija en una de las ventanas de la sala. El agua batía contra los cristales. El chico reflexionaba. Finalmente, inquirió, fijando los ojos en Pete:

—¿Qué fue lo que encontraste tú, Pete?

—No mucho, hacia las mismas fechas —repuso el muchacho, abatido—. Sólo una carta dirigida a un oficial el 23 de setiembre, preguntando detalles sobre el ataque mexicano contra la guarnición de Los Ángeles a primera hora de aquella mañana. En ella se alude a unos hombres ausentes, sin permiso reglamentario, desde el 16 de dicho mes, declarándoseles desertores. Nada referente a don Sebastián, ni a ninguna espada, así que...

Jupiter irguió la cabeza.

—¿Cuáles son sus nombres, Pete?

Éste leyó el documento.

—El sargento Brewster, el cabo Macphee, y el soldado...

—¡Crane! —exclamó Bob.

Desde el extremo opuesto de la sala, el encargado miró a los chicos con un gesto de enojo. Los Investigadores ni siquiera advirtieron la reacción del hombre.

—¡Brewster, Macphee y Crane! —exclamó Jupe, satisfecho—. ¡Habían sido echados de menos después del día 16 de setiembre de 1846!

—Sí, pero... —Pete abrió muchos los ojos, asombrado—. ¡Cómo! ¡Si esos fueron los hombres que dispararon sobre don Sebastián!

—Que *alegaron* haber disparado sobre don Sebastián —puntualizó Jupiter.

—¿Tú crees que mintieron, Jupe? —Inquirió Bob.

—Yo creo —repuso Jupiter, muy serio— que es una coincidencia muy extraña que los hombres que informaron haber disparado sobre don Sebastián desertaran aquel mismo día, no dejándose ver ya más.

—¿Hay que pensar entonces que robaron la espada? —preguntó ahora Pete.

—Es posible. Pero, luego, ¿quién escondió la funda de la espada en la estatua? ¿Con qué fin, además? Todo resulta muy raro. Vale más que nos pongamos al habla con Pico.

—Es tarde ya —recordó Pete—. En casa estarán esperándome para cenar.

—En el mismo caso estoy yo —declaró Bob.

—Pues entonces lo primero que haremos mañana será coger nuestras bicicletas para ir a ver a Pico.

Los Investigadores sacaron copias de los cuatro documentos en la máquina fotocopiadora con que contaba la Sociedad Histórica. Tras haber dado las gracias al encargado por su ayuda, se encaminaron a la calle. Todavía llovía con firmeza. Echaron a correr en dirección al "Patio Salvaje" de los Jones, donde Bob y Pete habían dejado sus bicicletas, quedándose calados por segunda vez en veinticuatro horas.

Frente al patio, a la altura de la entrada, hallábase estacionado un coche deportivo rojo.

Skinny Norris les habló desde el mismo.

—Calados hasta los huesos, como de costumbre —les dijo, burlón.

—Pero no nos pasa lo que a ti, en cambio... A ti, Skinny, cualquiera te moja la oreja.

Era Pete el que había respondido con estas palabras. Skinny se encrespó.

—He venido aquí para haceros un favor... Deseaba daros un consejo: procurad manteneros bien apartados de los Álvaro.

—¿Son tus palabras una amenaza? —inquirió Jupiter.

—¡Tu padre no conseguirá apoderase de su rancho! —exclamó Pete, acaloradamente.

—¿Vais a impedírselo vosotros? —preguntó Skinny, con una mueca de desdén.

—Nosotros lograremos dar con... —empezó a decir Pete.

Jupiter le dio un toque con un pie.

—Ya se nos ocurrirá algo eficaz, Skinny.

—Pues que sea pronto —replicó Skinny, echándose a reír—. Dentro de una semana, ese rancho será nuestro. Y esos Álvaro se van a ver en un gran apuro muy pronto, así que será mejor que os apartéis de ellos. ¡Procurad no meter las narices en los asuntos de mi padre!

Skinny soltó ahora una feroz risotada, coincidiendo esto con un fuerte chirrido de los neumáticos de su coche al salir disparado de allí. Los Investigadores se quedaron pensativos, viéndolo alejarse. El antipático grandullón habíase mostrado muy seguro de sí mismo.

CAPITULO 6

# Malas noticias

Aquel sábado, Júpiter se levantó temprano, pese a que continuaba lloviendo persistentemente. Pronto comprendió, sin embargo, que la planeada visita los Álvaro habría de ser aplazada. Bob y Pete tenían que hacer algunas cosas en sus hogares primeramente. Luego, Jupiter cometió un error. A causa de la lluvia se quedó en casa. En seguida tuvo a su tía Mathilda encima, empeñada en procurarle algún quehacer.

—¡No vas a estar aquí, mano sobre mano, sólo porque estén cayendo unas gotas! —exclamó la mujer, obstinada.

Quejándose continuamente, diciéndose que no volvería a quedarse en la casa ningún otro sábado, aun en el supuesto de que se produjese en las inmediaciones un tifón, Jupiter pasó la mañana en la sección cubierta del "Patio Salvaje", clasificando objetos. Hacia el mediodía, el jefe de los Tres Investigadores, después de haber comido rápidamente, se deslizó en el oculto cuartel general del grupo. Los chicos utilizaban como lugar de reunión un viejo remolque, largo tiempo olvidado bajo montones de chatarra, en uno de los rincones del patio.

Poco más tarde se presentaron allí Bob y Pete. Los tres amigos fueron, seguidamente, en busca de sus bicicletas. Protegidos por sus impermeables, pedalearon por la carretera, bajo una fina llovizna. Jupe se había hecho de un mapa, por si se extraviaban por los caminos de las elevaciones. Dejaron atrás lo que quedaba de las construcciones de la hacienda de los Álvaro, y localizaron sin mucha dificultad la finca del aguacate, la del vecino Emiliano Paz.

El hogar de Paz era una antigua casa de madera. La finca contaba con un granero y dos pequeñas construcciones que quedaban más atrás. Diego se encontraba partiendo leña bajo la lluvia, en las proximidades de una de ésta, cuando se le acercaron los muchachos.

—¿Está Pico aquí?

—Sí —respondió Diego—. ¿Habéis descubierto...?

Jupiter entró al frente de todos en la pequeña construcción, dotada solamente de dos cuartos y una diminuta cocina. Pico acababa de encender un buen fuego en la chimenea. Se puso en pie para saludar a los Investigadores.

—Calados hasta los huesos, como de costumbre.

Era esto, aproximadamente, lo que Skinny Norris les había dicho desde su coche.

Jupiter refirió a Pico y a Diego todo lo que el profesor Moriarty les había dicho acerca de la funda de la espada.

—Casi con seguridad que se trata de la funda de la espada de Cortés —concluyó Jupe.

—Y no hay nada referente a lo de don Sebastián siendo abatido por los disparos de unos soldados al emprender la huida —declaró Pete.

Bob se apresuró a corregir a su vehemente amigo.

—Al menos, existen algunas probabilidades de que las cosas no fueran así.

Jupiter enseñó a los dos Álvaro la copia del escrito dirigido por el ejército a José Álvaro, así como el informe del sargento Brewster sobre la muerte de don Sebastián, e igualmente el papel en que se aludía a la deserción del sargento Brewster, el cabo Macphee y el soldado Crane.

—¿Y qué? —dijo Pico—. ¿En qué aspecto estos documentos cambian las cosas? A nosotros se nos hizo saber que don Sebastián había caído abatido por unos disparos... No hay razones para dudar de esto. Y del informe del sargento se deduce que don Sebastián llevaba consigo su espada al caer al mar. Es lo que el comandante yanqui hizo saber a los miembros de mi familia en su época.

—¿Y no es sospechoso —inquirió Jupiter— que los hombres que dieron cuenta oficialmente de la fuga y posterior abatimiento a disparos de su tatarabuelo desertaran del ejército el mismo día? Podría tratarse de una coincidencia de haber habido por en medio un hombre tan sólo... Ahora bien, eran tres...

—Cierto. Es lo que siempre he pensado... La espada no se perdió en el mar. Los tres hombres la robaron antes de hacer fuego sobre don Sebastián. Posteriormente, redactaron su informe y desertaron, desapareciendo con la espada.

—Es posible —reconoció Jupiter—. Sin embargo, ¿qué hemos de pensar de la funda? ¿Quién la escondió en la estatua? Tuvo que ser cosa de don Sebastián, por un motivo: la presencia de los americanos. Y por una razón que ignoramos separó la espada y la vaina de la funda.

—La funda pudo haber sido escondida por alguna persona que entregara la espada ocultamente a don Sebastián —puntualizó Pico.

—He aquí otro extremo dudoso de la historia —indicó Jupe—. ¿Por qué proceder así con una valiosa arma, hallándose prácticamente en manos del enemigo? Si don Sebastián necesitaba disponer de un arma, ¿por qué no poner a su alcance un pistolón? No se habría desenvuelto bien defendiéndose con una espada de ceremonial, cubierta de joyas.

Pico se encogió de hombros.

—No estamos seguros en lo tocante a este último dato.

—Bueno, voy a hacer un resumen de lo que sucedió entonces a mi juicio —manifestó Jupiter—. Los americanos detuvieron a don Sebastián, con la idea de apoderarse de la espada de Cortés. Sí, Bob, ya sé lo que dijo el profesor Moriarty —añadió Jupe, al advertir que éste se disponía a formular una objeción—, pero entre los soldados de Frémont pudo haber habido hombres codiciosos, deseosos de controlar, además, a los líderes locales. Es muy posible que los que se hallaban en Rocky Beach tuvieran noticias de la fabulosa espada de don Sebastián. Supongamos ahora que éste escondiera el arma en la estatua. Habiendo burlado a sus carceleros, el sargento Brewster y sus dos asociados le siguen. Habían decidido apoderarse de la espada, por cuya razón inventaron el episodio de los disparos, a fin de ocultar sus reales acciones. Después desertaron, lanzándose en busca de don Sebastián y de la espada. Don Sebastián temía que la espada fuese encontrada, procediendo a esconderla en otro lado. Y dejó la funda en la estatua, con el propósito, tal vez, de desorientar a los otros.

—¿Y qué fue de mi ascendiente? —preguntó Pico.

—No lo sé —repuso Júpiter, llanamente.

—Son muchas las cosas que tú ignoras, Júpiter —señaló Pico, moviendo dubitativamente la cabeza—. Acabas de forjar toda una serie de especulaciones carentes de fundamento. Imaginémonos que parcialmente te hallas en lo cierto y que mi tatarabuelo logró escapar con vida... Siendo así, ¿dónde escondió la espada finalmente? ¿Qué vas a hacer para tratar de localizarla?

—Qué hay de la carta de don Sebastián, Jupe? —apuntó Bob.

Júpiter se apresuró a poner en manos de Pico la copia de aquel escrito.

—¿Querrás traducírnosla, Pico? —inquirió. Dirigiéndose a Bob, añadió—: Toma nota por escrito, Tercero.

—¿Tercero? ¿Por qué le llamas Tercero? —quiso saber Diego.

—Porque es el tercero de los Tres Investigadores —explicó Júpiter—. Pete es el "Segundo". ¡Y yo el Primero!

Entretanto, Pico había estado estudiando la carta de don Sebastián.

—Conozco esta carta —declaró—. Mi abuelo solía repasarla a menudo, buscando una pista para dar con la desaparecida espada —Pico procedió a leer el escrito en voz alta, traduciéndolo—: "Castillo del Cóndor, 13 de setiembre de 1846. Mi querido José: Espero que te encuentres bien y que estés cumpliendo con tu deber como mexicano. Los yanquis han entrado en nuestra desventurada población, y yo he sido detenido. Ellos no han querido decirme por qué, pero yo sospecho la causa de mi arresto, ¿comprendes? Estoy en la casa de Cabrillo, junto al mar. Mis carceleros no me permiten recibir a nadie, y ni siquiera me hablan. Los otros miembros de nuestra familia se hallan perfectamente, y todo lo demás está a salvo. Sé que muy pronto podremos celebrar nuestra victoria."

Bob consultó lo que escribiera en su agenda.

—Él sospechaba por qué había sido arrestado —declaró—. ¿Aludía al deseo de los americanos de apoderarse de su espada, tal como manifestó Jupe?

—Veamos... —dijo Jupiter, cogiendo la agenda de Bob—. Quizá estéis los dos en lo cierto. No sé a qué atenerme... De lo que sí estoy seguro, en cambio, es de que el sargento Brewster mintió en su informe.

—¿Qué es lo que te hace estar seguro de eso? —inquirió Pico.

—El sargento Brewster declaró en su informe sobre la fuga de don Sebastián y el ataque contra él que estaba armado con una espada, la cual, probablemente, habíale sido entregada, sin que nadie se diera cuenta de ello, por un visitante. Pero a don Sebastián no se le permitía recibir visitas, de manera que nadie pudo poner en sus manos el arma. Brewster dijo eso para justificar los disparos, y hacer pensar a todo el mundo que la espada se había perdido. Estoy convencido de que todo el informe era una pura mentira, destinada a ocultar la acción emprendida por él y sus amigos.

Pico estudió la carta.

—Sí, ya comprendo... No obstante...

Fuera, en la lluvia, sonó un fuerte golpe. Hubo un crujido, y posteriormente el rumor característico de unos leños rodando por el suelo. Oyóse seguidamente otro de pasos cada vez más atenuado.

—¡Eh! ¡Alto! —gritó alguien.

Los Investigadores y los hermanos Álvaro salieron de la

pequeña vivienda. Llegaron a tiempo de ver un caballo lanzado al galope, perdiéndose en la lejanía, hacia la izquierda del granero. En el patio se había plantado un hombre menudo, de blancos cabellos.

—Alguien se había apostado junto a una de vuestras ventanas, Pico —manifestó el viejo—. Iba yo en busca tuya cuando lo descubrí. Al oír mis pasos, echó a correr, tropezando con ese montón de leños. Huyó por la parte del granero. ¡Había dejado un caballo atado detrás de éste!

—¿Llegaste a ver bien su cara? —preguntó Diego.

El viejo movió la cabeza, denegando.

—Mi vista deja ya mucho que desear, Diego. No puedo decirte con seguridad si se trataba de un hombre o de un muchacho.

—Te estás poniendo hecho una sopa, Emiliano —señaló Pico, en un tono de voz que revelaba el afecto y el respeto que le inspiraba aquel hombre—. Entra, entra.

Ya dentro de la vivienda, Pico obligó al viejo a sentarse junto al fuego. Procedió a presentárselo a los Tres Investigadores. Emiliano Paz correspondió a sus saludos con una sonrisa.

—¿Llevaba ese desconocido mucho rato ahí fuera, señor Paz? —le preguntó Jupiter.

—No lo sé. Hace unos minutos que salí de la casa...

—¿Quién crees tú que será ese individuo, Primero? —inquirió Bob—. ¿Por qué había de dedicarse a espiarnos desde una ventana?

—Lo ignoro —repuso Jupe—. Quisiera saber si llegó a oírnos hablar de la espada de Cortés...

—¿Nos perjudicaría eso tal vez, Jupe? —preguntó Pete.

—Sospecho que el señor Norris y su gente no van a querer que demos con tan valiosa pieza —contestó Jupiter, gravemente—. Anoche, Skinny pareció interesarse mucho por lo que estábamos haciendo.

—No creo que la cosa tenga mayor importancia, Jupiter —declaró Pico—. Aun dando todas tus especulaciones por ciertas, seguimos sin saber nada sobre el paradero de la espada. Ni siquiera nos hallamos seguros de su existencia.

—Estoy convencido de que don Sebastián sabía que los tres soldados buscaban la espada y que, por tal motivo, procedió a esconderla —señaló Jupiter, obstinadamente—. Y tengo la seguridad de que decidiría dejar alguna pista pensando en su hijo. En la carta o en otro sitio cualquiera. Sin embargo, en la primera debe de haber algo... Estaba detenido, se hallaba en peligro Pensaría, sin duda, que ésa era la única oportunidad que se le deparaba de comunicar a José dónde podía localizar la preciada arma.

Todos ellos concentraron su atención nuevamente en la misiva. Pico y Diego releyeron el original, y los Investigadores estudiaron la traducción recogida por Bob.

—Puede ser que aquí exista una clave, pero yo no doy con ella —indicó Pete.

Pico movió la cabeza, desalentado.

—Se trata de una carta corriente, Jupiter. No veo en este papel ningún especial significado...

—Quizás eso que dice acerca de que todo lo demás fue puesto a salvo... —aventuró Diego.

—Oye, Jupe —dijo Bob, de repente—: fíjate en el nombre que figura por encima de la fecha... "Castillo del Cóndor". ¿Qué lugar es éste? ¿Lo sabes tú, Pico?

—No —repuso el aludido, perplejo—. En aquellos tiempos, como frecuentemente ahora, era costumbre estampar en las cartas el nombre del lugar desde el cual se escribía. Puede ser que se trate de una población, de una hacienda, de una casa...

—Pero es que don Sebastián escribió la carta en la casa de Cabrillo —objetó Bob.

—Y su casa era vuestra hacienda —añadió Jupiter—. ¿Se llamó acaso alguna vez Castillo del Cóndor?

—No —informó Pico—. Nuestra finca fue siempre la Hacienda Álvaro.

—Entonces, ¿por qué escribió el nombre "Castillo del Cóndor" en el encabezamiento de la carta? —preguntó Pete—. Quizá deseó mencionar un sitio especial, conocido por José... ¡Esto es una pista!

Jupiter sacó su mapa de comunicaciones de la región. Todos fijaron los ojos en él mientras lo estudiaba. Finalmente, Jupiter, con un suspiro, se incorporó.

—Aquí no figura ningún lugar con el nombre de Castillo del Cóndor —manifestó, presa del mayor desaliento—. Pero... ¡un momento! ¡Éste es un mapa moderno! En 1846, pudo haber otro que...

—Yo tengo uno viejo —les comunicó Emiliano Paz.

El viejo abandonó la pequeña vivienda. Los otros aguardaron impacientes su regreso. Finalmente, el hombre volvió, portador de un amarillento papel. Fechado en 1844, el mapa tenía unos rótulos en español y otros en inglés. Pico y Jupiter lo repasaron atentamente.

—Nada —concluyó Pico—. Aquí no hay ningún Castillo del Cóndor.

—Es verdad —tuvo que convenir Jupiter.

Pico se mostró abatido y enfadado.

—Todo esto, ya lo dije, es absurdo. Nosotros no podemos

salvar nuestro rancho persiguiendo una quimera. Es necesario que demos con algo más consistente, más sólido...

Emiliano Paz declaró con un gesto de tristeza:

—Es posible que no se te ofrezca ningún otro camino, Pico. Lo siento, pero he venido aquí como portador de malas noticias. Te has retrasado mucho en el pago de los plazos de la hipoteca. Anda por en medio una suma que representa demasiado dinero para mí. No tengo más remedio que cancelar mis deudas. Esto ha de ser pronto. Yo te presté todo el dinero de que disponía, y ahora, habiendo sido presa de las llamas tu hacienda, no puedes pagarme. Necesito el dinero, y el señor Norris se ha ofrecido para comprar tu hipoteca. He venido aquí para hacerte saber que no pasarán muchos días antes de que dé tal paso...

Pete susurró:

—¡A eso se refirió Skinny anoche!

—Te agradezco mucho, Emiliano, tu franqueza —contestó Pico—. Esto ha de ser así, y resulta inevitable. Tú has de pensar, lógicamente, en tu familia.

—Lo siento. ¿Me honraréis siguiendo aquí?

—Por supuesto, Emiliano —replicó Pico—. Seremos tan amigos como antes.

El viejo asintió, saliendo lentamente de allí. Le vieron cruzar el encenagado patio con la cabeza hundida entre los hombros. Pico permaneció con la vista fija en su figura por unos instantes, abandonando la casa también. Pronto llegaron a oídos de los chicos los golpes de su hacha al ser abatida contra los leños.

—Todo ha terminado —comentó Diego, entristecido.

—¡Nada de eso! —insistió Jupiter, con firmeza—. ¡Nosotros daremos con la espada de Cortés, Diego!

—¡No lo dudes! —corroboró Bob.

—¡Desde luego! —apoyó Pete—. Inmediatamente, ahora... ¡Caramba, Jupe! ¿Qué podríamos hacer?

—Mañana nos vamos a dedicar a localizar todos los viejos mapas —declaró el jefe de los Investigadores—. Esas tres palabras, "Castillo del Cóndor", deben de constituir alguna pista secreta. Averiguaremos su significado. De ser necesario, repasaremos todos los viejos mapas que pueda haber en Rocky Beach.

—¡Y yo os ayudaré en esa tarea! —prometió Diego.

Los cuatro chicos intercambiaron unas sonrisas de entusiasmo plenamente compartido.

CAPITULO 7

# El viejo mapa

El domingo por la mañana caía una fina llovizna. Diego pidió prestada una bicicleta, y también un impermeable, a los familiares de Emiliano Paz, dirigiéndose luego a la población. Se encontró con Jupiter alrededor del mediodía frente a la Sociedad Histórica.

—Bob se ocupa de la biblioteca —explicó Jupiter—. Y Pete obtuvo de su padre una autorización especial para examinar los mapas archivados en las oficinas del Registro de la Propiedad.

—Terminaremos por dar con el Castillo del Cóndor —afirmó Diego—. ¡Estoy convencido de ello!

Se apresuraron a entrar en el edificio de la Sociedad Histórica. En las mesas de las silenciosas salas había numerosas personas, trabajando. El encargado del servicio andaba ocupado. Al dirigir a los chicos a la sala de los mapas, manifestó:

—Se ha presentado aquí un muchacho alto y flaco que deseaba estudiar los papeles de la familia Álvaro. Se interesó mucho por los papeles cuyas copias os llevasteis, Júpiter. Desde luego, no le facilité ningún informe sobre el particular.

—¡Skinny! —exclamó Jupiter cuando ya sólo Diego podía oírle—. Realmente, se interesa mucho por lo que estamos haciendo.

—Porque sabe que en otras ocasiones habéis sido capaces de encontrar cosas de gran valor —señaló Diego—. Actualmente, teme que pongáis un tesoro en nuestras manos.

—Espero que salgamos airosos también esta vez. Bueno, vamos a lo nuestro. Disponemos de poco tiempo.

En la sala de los mapas sólo estaban ellos. Localizaron unos cincuenta mapas del año 1846 y otros próximos. Algunos abarcaban toda la región; otros se referían únicamente al sector de Rocky Beach. No pudieron dar con el Castillo del Cóndor.

—Aquí hay un mapa del rancho de los Álvaro —anunció Jupiter.

—Por él te darás cuenta de lo grande que era entonces —manifestó Diego, melancólico.

—¡Pero no aparece por ningún lado el Castillo del Cóndor!

—Y éstos son todos los mapas de la época de don Sebastián.

Jupiter no quería darse por vencido.

—¡No importa! ¡Estudiaremos todos los mapas de Rocky Beach, por nuevos que sean!

—¡O aunque sean muy viejos!

Los mapas modernos no eran numerosos. Unos cuantos databan de años anteriores a 1840. En ninguno pudieron leer el nombre que buscaban. Diego y Jupiter tenían que renunciar. Habrían de volver al cuartel general de los Tres Investigadores, en el "Patio Salvaje" de los Jones.

—Pudiera ser que Bob o Pete hubiesen encontrado algo —declaró Jupiter, esperanzado.

Condujo a Diego al cuartel general del trío utilizando la entrada principal: una tubería de gran diámetro cubierta por enormes montones de chatarra, la cual desembocaba en una puerta de escotilla situada en el piso del escondido remolque.

—Hemos dado a este pasadizo el nombre de Túnel Dos —explicó el jefe de los Tres Investigadores cuando él y Diego emergieron del gran tubo—. Disponemos de otras entradas, pero ésta es la que más utilizamos. Reservamos las otras para los casos de emergencia.

Diego profirió una exclamación de asombro al verse allí, fijándose detenidamente en la mesa de trabajo, en el teléfono, en la máquina de escribir, los archivos del trío, el equipo electrónico, el cuarto oscuro, las jaulas, las estatuillas de yeso y las herramientas y recuerdos que los chicos habían ido reuniendo, en el curso de sus investigaciones y distintos trabajos.

—¡Esto es estupendo!

—Me parece que estamos convenientemente equipados —admitió Jupiter, un tanto solemne—. Todo esto lo montamos nosotros.

—No es de extrañar que hayáis solucionado tantos misterios fácilmente.

—No siempre ha sido fácil nuestra tarea —replicó Jupiter, muy serio—. Con motivo de la búsqueda de la espada de Cortés, por ejemplo, estamos tropezando con muchas dificultades.

—Ya verás cómo Pete o Bob nos traen algo —le aseguró Diego, optimista.

Mientras esperaban a los dos, impacientes, Diego fue de un lado para otro del remolque, escudriñándolo todo. No podía ver nada de fuera porque había mil objetos en el exterior apilados contra las pequeñas ventanas. Jupiter tomó asiento, frunciendo el ceño. Su redonda faz recordaba la seria expresión de la cara de Alfred Hitchcock, cuyo busto presidía la sección de archivo, a su espalda. Finalmente, la puerta del suelo se abrió, presentándose ante ellos Bob.

—¡Nada! —exclamó el Tercer Investigador, dejándose caer en una silla, tan fúnebre como Jupiter—. ¡Me he mirado, uno por uno, todos los libros que tiene la biblioteca sobre la región!

Al emerger del suelo del remolque Pete, sus amigos no tuvieron más que examinar su cara para saber a qué atenerse.

El Segundo Investigador declaró:

—Es posible que ese nombre, Castillo del Códor, significar algo, pero esto lo sabían únicamente don Sebastián y su hijo José.

—Hemos llegado a un callejón sin salida, Primero —concluyó Bob.

A Diego le faltaba poco para echarse a llorar.

—¡No os déis por vencidos, amigos! Nosotros...

Pete levantó la cabeza, alerta.

—Sssss... ¡Escuchad!

Hubo un momento de silencio absoluto dentro del oculto remolque. Todos oyeron algo entonces... Tratábase de unos tintineos metálicos en el exterior. Estaban siendo removidas algunas piezas de chatarra. Los ruidos fueron localizables en distintos puntos sucesivos. Percibieron también una serie de golpes.

—Sssss... —susurró Jupiter, llevándose un dedo a los labios.

Oyóse el rumor nuevamente, en otro punto.

—Ahí fuera hay alguien que efectúa pruebas en un sitio y otro —dijo Bob en voz baja—. ¡Ese alguien se figura que nosotros estamos aquí dentro!

—¿Os seguía alguien al llegar al "Patio Salvaje"? —inquirió Jupiter.

—Yo no vi a nadie —repuso Bob.

—Yo, en cambio, no estoy seguro... —confesó Pete—. Llevaba prisa y no me detuve a comprobar tal extremo.

—Guardad silencio ahora. No hagáis el menor movimiento —ordenó Jupiter.

Los golpes en torno al remolque siguieron oyéndose durante unos minutos más. Por último, cesaron.

—Echa un vistazo afuera, Bob —susurró Jupiter.

El Tercer Investigador se desplazó sin hacer el menor ruido hasta el punto en que se hallaba instalado el periscopio de construcción casera, que emergía por encima del techo. Desde fuera, parecía uno de tantos viejos tubos, empinados sobre el gran montón de chatarra. Bob miró por el visor.

—Está cruzando el patio... —informó Bob—. Es el capataz del rancho Norris: ¡Cody! Se ha detenido ahora, mirando a un lado y a otro. Por fin, se va... ¡Se ha ido ya, amigos!

Bob se apartó del periscopio.

—Seguramente —añadió—, nos ha seguido, con el propósito de averiguar qué andábamos haciendo: Jupe: ¿no será éste el hombre que estuvo espiándonos por la ventana de aquella construcción de la propiedad de Emiliano Paz ayer?

—Puede ser —replicó Júpiter, pensativo—. Ese tipo, Cody, y Skinny parecen interesarse mucho por nuestras acciones. Están ayudando, ciertamente, al señor Norris a hacerse con el rancho de los Álvaro... Ahora bien, ¿es esto lo único que persiguen?

—¿Y si estuvieran al tanto de la historia de la espada y pretendieran también hallarla? —preguntó Diego.

—La tuya no es una suposición desatinada, Diego.

—Por poco que sepan, sabrán más que nosotros —señaló Pete, pesimista.

Jupiter asintió, entristecido.

—Yo estaba seguro de que llegaríamos a encontrar un viejo mapa que contuviera el nombre de Castillo del Cóndor, marcando su emplazamiento.

Pete dijo, en tono de chanza:

—Quizá necesitáramos hacernos con un antiguo mapa indio, buscándonos luego un viejo piel roja que nos lo leyera.

—Muy gracioso, Segundo —gimió Bob—, pero las ideas chistosas no van a sernos de mucha utilidad...

—¡Pete! —exclamó Jupiter—. Creo que acabas de dar con la clave de todo...

—¡Caramba, Primero! No es tan grave lo que he dicho. No es como para que me embromes...

—Hablo en serio —insistió Jupiter—. Ésa podría ser la respuesta... Desde luego, ¡qué estúpido he sido!

—¿La respuesta...? —inquirió Pete, confuso.

—Necesitamos un mapa realmente antiguo. De haberse valido don Sebastián de un nombre localizable por cualquiera en un mapa de 1846, los americanos habrían sabido en seguida tanto como él. El hombre sabía que su carta sería estudiada atentamente... En consecuencia, se decidió a valerse de un nombre proveniente de un mapa antiguo y raro ya en 1846, conocido por él y José. Al dirigirnos al encargado de la biblioteca nunca solicité de éste los mapas verdaderamente antiguos, los cuales son demasiado valiosos para ser guardados en la misma sala que los corrientes. ¡En marcha, amigos! Traslademonos inmediatamente a la Sociedad Histórica!

Se deslizaron por el Túnel Dos. A la salida de éste miraron a un lado y a otro, por temor a que Cody u otra persona cualquiera anduviera por allí. Jupiter y sus amigos se precipitaron sobre las bicicletas.

Cuando los muchachos iban a abandonar el "Patio Salvaje", tronó una voz:

—¡Jupiter!

Tía Mathilda se había plantado en la entrada de la vivienda de los Jones. Parecía estar enfadada.

—¡Dónde has estado metido, bribón? ¿Es que no te acuerdas de que hoy festejamos el cumpleaños de tu tío Matthew? Tenemos que salir de aquí dentro de quince minutos... ¡Ven aquí! Ponte en seguida tu traje de los días de fiesta. Ya tendrás tiempo de estar con tus amigos.

—¡Oh, no! —gimió Jupiter—. Se me había olvidado... Es cierto, mi tío Matthew cumple hoy ochenta años —explicó a sus camaradas—. Hay una reunión familiar en su honor al otro lado de Los Ángeles. No tengo más remedio que asistir a ella, y estoy seguro de que regresaremos muy tarde. Tendréis que arreglároslas sin mí.

—¡Jupiter!

La voz de tía Mathilda daba la impresión de estar cargada de veladas amenazas.

Jupe, muy triste, se despidió de sus compañeros, cruzando la calle.

—¿Qué vamos a hacer ahora? —preguntó Pete.

—Nos trasladaremos a la Sociedad Histórica, por supuesto —respondió Bob, haciéndose cargo de la jefatura de los Investigadores.

A los pocos minutos, los chicos ya no se acordaban de Jupiter. Todos sus pensamientos se concentraban en aquella posibilidad de localizar por fin el Castillo del Cóndor.

Cuando el encargado de la biblioteca hubo escuchado la petición de los visitantes, reflexionó unos momentos.

—¿Habláis de un mapa realmente antiguo de esta zona? —inquirió—. Pues sí... Tenemos uno en la sección de documentos raros que data de 1790. Está muy estropeado, por cuyo motivo pocas veces lo sacamos del archivo para mostrarlo.

—Por favor, señor —dijo Bob—, ¿podríamos echarle un vistazo?

El hombre tuvo unos instantes de vacilación, asintiendo por fin. Llevó a los chicos a la parte posterior del edificio, abriendo una puerta que estaba cerrada con llave. Entraron en una habitación carente de ventanas, donde la temperatura y la humedad eran constantes. Los documentos custodiados allí se guardaban en cajas de cristal y en vitrinas. El encargado comprobó unos papeles, abriendo un cajón, del que extrajo una caja de vidrio larga y aplanada. Dentro de la misma había un antiquísimo mapa, de grueso y amarillento papel, cruzado por muchas líneas de color marrón.

—Podéis examinarlo sin abrir la caja —señaló el hombre.

Los chicos se inclinaron ansiosamente sobre el viejo mapa de la región de Rocky Beach.

—¡Ahí está! —exclamó Diego, señalando un punto en el papel—. Es español: Castillo del Cóndor...

—¡Es cierto! —dijo Bob, entusiasmado.

—Precisamente en el rancho de los Álvaro, si hemos de suponer que esa confusa línea es el cauce del Santa Inés.

—¿Qué estamos esperando aquí ya? —inquirió Diego.

Los muchachos dieron las gracias al encargado, que les miraba atónito, yendo a buen paso en busca de sus bicicletas.

CAPITULO 8

# El Castillo del Cóndor

La lluvia había cesado, pero flotaban unas oscuras nubes muy cerca de las cúspides de las montañas cuando los dos Investigadores y Diego enfilaron el accidentado camino del rancho de los Alvaro. Se encaminaban hacia el viejo pantano, donde en otra ocasión habían estado luchando contra el fuego. Diego se detuvo en una curva de la carretera, junto al reseco arroyo y en la elevación situada delante del pequeño embalse.

—Si no me he equivocado en mi interpretación, el Castillo del Cóndor es el pico rocoso que queda al final de este último promontorio —declaró el muchacho—. Por el otro lado queda el Santa Inés.

Escondieron su bicicletas entre los matorrales, junto al camino, abriéndose paso luego por entre el espeso chaparral y ganando la orilla del profundo arroyo. Habían perdido de vista el pantano, a su izquierda, más allá del bajo promontorio cubierto de malezas que cerraba el arroyo.

Los muchachos fijaron la vista en la cúspide de una alta

elevación, al otro lado de aquél. A la izquierda se destacaba el pico rocoso, junto a un impresionante cortado.

—¡Ése debe de ser! —manifestó Diego—. Todo coincide con las indicaciones del mapa.

—¿Cuál es su nombre ahora? —inquirió Pete mientras se adentraban en el cenagoso cauce del arroyo y empezaban a ascender por la ladera del punto opuesto.

—Ninguno, que yo sepa —declaró Diego.

Aquella elevación presentaba dos secciones: la más baja, en su dos tercios, era una suave pendiente de grandes rocas y frondosa vegetación; el tercio superior era más empinado, no habiendo en el mismo matorral alguno, sólo rocas. Los chicos resoplaban angustiados a causa de los esfuerzos que acababan de hacer para plantarse encima de la gigantesca roca que coronaba la elevación.

—El Castillo del Cóndor —murmuró Bob, impresionado.

Desde la gran roca se divisaba toda la campiña, con excepción de la parte correspondiente al norte, donde se destacaban claramente las montañas. Pero antes de llegar a ellas podía contemplarse el pantano y el cauce, más lejano, con dos largas filas de matorrales quemados, correspondientes a las orillas.

—Se ha producido un desbordamiento más arriba del pantano —señaló Diego—, y de éste se escapa ya alguna cantidad de agua. Por la parte de abajo tendremos una buena corriente si sigue lloviendo.

Bob se refirió luego al pequeño promontorio existente en la base de la elevación.

—Fijaos en el promontorio que separa el arroyo del pantano y el otro cauce. De no estar ahí, habría otra hondonada semejante.

Miraron a un lado y a otro, estudiando el resto del panorama que se ofrecía a sus ojos. Por el oeste, pudieron ver la carretera y el profundo arroyo, que por el sur se extendía hasta lo que quedaba de la hacienda de los Álvaro, a casi dos kilómetros de distancia. Por la zona meridional se distinguían confusamente otras montañas. Más lejos, los chicos distinguieron Rocky Beach y el océano, oscuro aquel grisáceo día. Por el este, al otro lado de la elevación mayor, se curvaba el cauce del Santa Inés, buscando el sudeste. Llevaba agua ahora. Pasearon sus miradas por la zona llana, divisando las casas y corrales del rancho Norris. El camino que cruzaba éste surgía del sur del pantano, perdiéndose por el norte, entre las montañas.

—¿Por qué darían a este lugar el nombre de Castillo del Cóndor? —quiso saber Pete—. Por aquí no hemos visto cóndores...

—Mejor que mejor —comentó Bob, con una risita—. El cóndor es una especie de buitre.

—Podría ser —aventuró Diego— que el nombre tuviera que ver con la panorámica que se contempla desde aquí. Todo se ve a vista de pájaro, ¿no?

—Es posible —aprobó Bob—. Sin embargo, ¿qué más da ahora un nombre que otro? Hemos venido hasta aquí con el fin de localizar la espada de Cortés. ¿Dónde creéis que pudo hacerla escondido don Sebastián?

—Aquí habrá más de un sitio que pueda ser utilizado como escondite —respondió Pete— En estas rocas habrá huecos, grietas... ¡hasta una cueva, quizá! ¡Vamos a inspeccionar el lugar, amigos!

Se desparramaron por aquel punto, no tardando en comprobar que no había allí nada de lo que esperaban encontrar. La cumbre aparecía casi tan lisa como una plancha de mármol. Estamparon sus pies en algunas zonas, examinaron los bordes rocosos. Aquella roca era una masa totalmente maciza.

—En esta roca nadie pudo haber ocultado nada —concluyó Pete—. ¿Por qué no probamos suerte en las laderas?

Bob se mostró conforme.

—De acuerdo, Pete. Tú te desplazarás por la parte del cauce y Diego y yo por la opuesta.

De nuevo se aplicaron a la misma tarea de antes. Pete fue descendiendo por su porción de ladera, cubriendo fajas progresivamente más anchas de ésta. Dio con algunas rocas sueltas, pero no encontró huecos ni grietas, ni ninguna irregularidad apropiada para esconder una espada.

Finalmente, Pete dio por acabada su inspección, desplazándose hacia el extremo norte, para encontrarse con sus amigos. Bob y Diego estaban a punto de terminar su labor allí.

—No he visto nunca un sitio como éste. No hay aquí donde poder esconder nada, Segundo —se lamentó Bob.

Diego sugirió:

—Es posible que don Sebastián se decidiera a enterrar la espada...

—¡No me digas! —gimió Pete—. Entonces tendríamos que excavar todo el monte. ¡Trabajo para toda la vida!

—No creo que don Sebastián la enterrara —dijo Bob, hablando lentamente como si reflexionara al mismo tiempo—. Si la hipótesis de Jupiter es buena, es decir, si don Sebastián logró huir y ocultó la espada, tendría que actuar con rapidez. No disponía de mucho tiempo. Poneos en su lugar. Sabía que estaba en peligro, que existía la probabilidad de que no pudiera regresar para recuperar el arma preciada; también pensaría que la ausencia de José podía durar unos años... Y estaba al tanto de que el sargento Brewster y sus secuaces le seguían los pasos de cerca, quizá. De haber enterrado la espada tenía que señalar claramente el sitio, para facilitar la labor de José... Se exponía a que aquélla no volviese a ser encontrada. Ahora bien, si marcaba con excesiva claridad el punto, al sargento Brewster le resultaría fácil localizarla. Ya podéis imaginaros lo que esto representaba...

Bob movió la cabeza, denegando.

—No. Estoy convencido de que don Sebastián no optó por enterrar el arma. Tuvo que esconderla en las inmediaciones del Castillo del Cóndor, en un punto que José identificaría fácilmente. Había de tenerlo dispuesto, a mano. Era preciso que no requiriera ninguna marca especial.

Pete miró a su alrededor, preguntando:

—¿Dónde, dónde?

—Bien. Ahora estamos bastante seguros de que la espada no se encuentra en este lugar —contestó Bob—. Hay que considerar la roca del Castillo del Cóndor sólo como una señal, como una pista dentro de la zona. Por estos alrededores debe de haber un sitio que a lo mejor visitaran don Sebastián y José con frecuencia. ¿Qué punto más significado, Diego...?

—Estoy pensando en el pantano —sugirió Diego.

—¿El pantano? —inquirió Bob—. Bien, ¿y por qué no?

Diego guió a sus amigos por la ladera de la elevación, plantándose luego los tres en el extremo del pequeño promontorio. Éste se hallaba situado junto al rincón izquierdo del embalse. El agua se derramaba por la parte central, precipitándose en el cauce, unos nueve metros más abajo. Los chicos avanzaron por él, sin reparar en que se estaban mojando los pies. Examinaron toda la pared del dique, casi. El muro había sido construido con centenares —millares, quizá— de pequeñas piedras, unidas con una especie de hormigón. Allí no se veían piedras sueltas, huecos ni grietas.

—Esto resulta tan sólido como si fuese de acero —comentó Pete.

—Lo construcción fue efectuada por los indios locales hace doscientos años —informó Diego—, por orden de algunos de nuestros ascendientes.

—Por lo que veo, no dejaron ninguna grieta donde pudiera ser escondida más tarde una espada —señaló Bob—. Al menos, en la porción de muro inspeccionado por nosotros. Necesitaríamos una escalera para estudiar la parte superior. Ahora bien, don Sebastián no disponía de ella, probablemente. Con todo, probemos suerte arriba...

Se deslizaron por un terreno fangoso a consecuencia del agua caída en las últimas horas, trepando hasta lo alto del embalse. El muro tenía cerca de dos metros de grosor allí, ofreciendo idéntica construcción que el resto. Pero los muchachos vieron huecos y grietas, separándose para estudiar aquellas irfegularidades. Media hora más tarde daban por terminada su tarea.

—Si la espada se encuentra aquí —dijo Pete, irritado—, tendremos que destruir este embalse para localizarla.

—Don Sebastián no disponía de tiempo para dar con un escondite muy especial —le recordó Bob—. Creo que podemos afirmar que la espada no está aquí. Eso significa que hemos llegado a un callejón sin salida. Tendremos que procurarnos otra pista.

—¿Dónde, Bob? —preguntó Pete—. Ya revisamos a fondo los documentos militares de la época... De otro lado, lo único que salió de las manos de don Sebastián fue la carta que ya conocemos.

—Don Sebastián era un hombre importante. Debía de tener muchos amigos en la región —señaló Bob—. Es posible que alguno de ellos le ayudara; alguien le vio, probablemente, aquel día. Necesitamos dar con algo que nos revele con más extensión lo que hizo, lo que dijo, incluso...

—¡Caramba! —exclamó Diego, dudoso—. Ha transcurrido mucho tiempo desde entonces, Bob.

—Sí, pero ocurre que por aquellos días, cuando no se conocía todavía el teléfono, la gente escribía más cartas que ahora, confiando al papel más noticias —puntualizó Bob—. Eran muchas las personas que llevaban diarios, que conservaban los periódicos que adquirían. Tal vez se publicara alguno aquí... Supongo que podremos hacernos de datos muy interesantes en...

—Ya me figuro lo que hay —se quejó Pete—. ¡Tendremos que refugiarnos de nuevo en la Sociedad Histórica! ¡Caramba! También el trabajo de detective puede resultar aburrido.

Bob se echó a reír.

—Es probable que la mayor parte de los viejos periódicos se hallen escritos en español, de manera que te vas a ahorrar la tarea de leértelos, Pete. Pero esto podríamos dejarlo para mañana, ya que Jupiter podrá ayudarnos entonces. Además, yo no he tocado para nada mis deberes escolares este fin de semana.

Pete suspiró. No se había acordado para nada de los suyos hasta aquel momento.

Los tres echaron a andar hacia la carretera, para coger sus bicicletas. En el momento en que se apartaban del muro del embalse, Pete se detuvo, adoptando una actitud de alarma.

—Diego —preguntó el muchacho, volviendo al mismo tiempo la cabeza hacia la derecha—: ¿había en vuestro rancho algún hombre que fuese propietario de cuatro grandes perros negros?

—¿Cuatro perros negros? No; yo...

—Ya los estoy viendo, Segundo —anunció Bob, con voz un poco trémula.

Los cuatro perros se encontraban aún a alguna distancia de allí, por la parte de arriba del embalse, y más allá de la zona incendiada, en el lado del cauce correspondiente a los Álvaro. Se deslizaban por delante de unos árboles y los matorrales. Sus rojas lenguas asomaban por entre los hocicos, brillando sus ojos ferozmente.

Bob se puso nervioso.

—Esos animales no traen muy buenas intenciones —comentó.

Sonó un agudo silbido, procedente de no se sabía dónde. Pete giró en redondo, extendiendo un brazo en dirección al otro lado del embalse.

—¡Eso es una señal! ¡Dirijámonos a esos árboles!

Los cuatro perros continuaban corriendo hacia el embalse, enseñando sus blancos colmillos, con las rojas lenguas colgando... Los tres muchachos cruzaron el embalse, deslizándose a toda prisa hacia una fila de viejos robles situados a unos cincuenta metros de distancia.

—¡Están... demasiado... lejos! —exclamó Bob, jadeante.

—¡No... llegaremos... a tiempo... a ellos! —coreó Diego, sin aliento.

—¡Más deprisa, amigos! —apremió Pete.

Diego, que había vuelto la cabeza un momento, añadió:

—¡Pete! ¡Los perros avanzan nadando ahora!

En su violenta carrera tras sus presas, los cuatro animales habíanse precipitado en el pequeño embalse de cabeza en lugar de rodear éste por la ruta más corta. Habían estado nadando enérgicamente, y pronto saltaron a tierra, continuado la persecución de los fugitivos. Pero aquellos minutos habían sido preciosos para los chicos.

Los tres muchachos, llegados al pie de los robles, treparon atropelladamente por sus troncos. Acomodados luego entre las ramas, contemplaron asustados a los perros, que no cesaban de ladrar furiosamente, levantando sus cabezas y dando vueltas en torno a los árboles.

¡Diego, Pete y Bob habían caído en una trampa!

CAPÍTULO 9

# El sheriff lleva a cabo una detención

Oyóse el agudo silbido de nuevo. Los perros cesaron en sus continuos saltos y ladridos, tendiéndose bajo los árboles.

—¡Mirad! —dijo Bob—. Se trata de Skinny y de Cody, el capataz del rancho.

El flacucho Skinny y el fornido vaquero estaban cruzando en aquellos instantes el pantano a la carrera. El primero sonreía complacido, sin apartar la vista de los chicos, encaramados a los árboles. Una vez llegados junto a los robles, Cody dio con voz seca unas órdenes a los perros. Los animales se congregaron alrededor de él, trémulos y alerta, nerviosos, mientras el hombre levantaba la cabeza. Sus pequeños ojos chispearon, y sus labios se dilataron en una desagradable sonrisa.

—¡Vaya, vaya! Os habéis metido en terreno ajeno. Estos árboles quedan en las tierras propiedad de Norris.

—¡Sus perros nos obligaron a refugiarnos aquí, usted lo sabe muy bien! —gritó Diego.

—¿Qué estaba haciendo usted con sus perros en la propiedad de Álvaro? —preguntó Pete, acalorado.

Cody lanzó una carcajada.

—¿Y cómo vas a probar que es verdad lo que acabas de decir, muchacho?

Skinny adoptó un aire inocente para decir:

—Todo lo que yo veo aquí son tres intrusos en una tierra que pertenece a mi padre.

—Llevamos ya algunos días haciendo saber al *sheriff* que nos visita gente que no tiene por qué dejarse ver en estas tierras —manifestó Cody, con una burlona sonrisa. A continuación, con movimiento de cabeza, indicó el camino que corría a lo largo del cauce, por la parte correspondiente a Norris. Un coche oficial avanzaba por allí—. Supongo que ahora nos creerá.

El coche se detuvo más adelante, apeándose del mismo el *sheriff,* en compañía de uno de sus ayudantes. Los dos echaron a andar en dirección a Skinny y Cody.

—¿Qué pasa aquí? —preguntó el hombre.

—Hemos obligado a estos intrusos a salir de nuestra propiedad, decidiéndose entonces a refugiarse ahí arriba, *sheriff.* Es el pequeño Álvaro y dos amigos suyos. Ya le hice saber que los Álvaro se comportan como si todas estas tierras continuasen siendo suyas. Se meten con sus caballos en nuestras parcelas, rompen nuestras vallas, hacen hogueras... Usted sabe muy bien que un fuego aquí, en las circunstancias actuales, resulta un peligro.

El *sheriff* levantó la cabeza, dirigiéndose a los chicos.

—Bueno, muchachos, bajad de ahí ya. Cody: retén a los perros.

Diego, Bob y Pete obedecieron, mientras Cody se esforzaba por tranquilizar a los inquietos canes. El *sheriff* estudió atentamente a los dos Investigadores.

—Yo os conozco, ¿eh? Vosotros sois Pete Crenshaw y Bob Andrews, de los Tres Investigadores. A juzgar por lo que el jefe Reynolds me ha contado de vosotros, debierais saber a qué ateneros con respecto a cosas como ésta. Es una falta grave introducirse furtivamente en las propiedades ajenas.

—Nosotros no hemos cometido ninguna falta, señor —repuso Bob, serenamente—. Nos encontrábamos en la propiedad de Álvaro cuando los perros empezaron a perseguirnos, haciéndonos llegar hasta aquí.

—Bueno, es natural —chanceóse Skinny—: tienen que mentir, *sheriff...*

—¡Aquí el único que miente eres tú, Skinny Norris! —saltó Pete.

—*Sheriff* —dijo Bob—: de habernos encontrado nosotros dentro de la propiedad de Norris cuando los perros empezaron a seguirnos, ¿por qué iban a estar mojados? No está lloviendo ahora.

El *sheriff* examinó atentamente a los perros.

Bob explicó, sin la menor vacilación:

—Los animales estuvieron nadando, y el embalse y la totalidad del cauce, por la parte de arriba del mismo, pertenece a los Álvaro.

El rostro de Cody se congestionó.

—¿Es que va usted a dar crédito a estos chiquillos, *sheriff*? Los perros llevan así, en ese estado, muchas horas.

El *sheriff* miró severamente a Cody.

—Lo que acaba de decir Bob Andrews pone un poco en entredicho sus palabras, Cody. Espero que pueda aportar pruebas más evidentes. Me refiero, principalmente, a lo que ha motivado mi presencia en este lugar ahora.

El vaquero gruñó:

—Va usted a quedar satisfecho, no lo dude. En la ranchera, ahí, en la carretera, tengo una que resultará definitiva.

—¿A qué prueba se refiere? —preguntó Bob, cuando Cody y el *sheriff* habían echado ya a andar.

—¡Seguro que te daría gusto saberlo! —exclamó Skinny, irónico.

Los chicos observaron en silencio a Skinny mientras esperaban bajo los robles el regreso del *sheriff*. Éste se presentó solo unos quince minutos más tarde. Era portador de una gran bolsa de papel de color marrón. Fijó la vista, muy serio, en Diego y los Investigadores.

—Bueno, chicos. De momento, ya os podéis ir. No sé quién es aquí el que dice la verdad, pero ya he indicado a Cody que debe procurar que los perros no salgan de las tierras de Norris. Y a vosotros os aconsejo que no pongáis los pies en las propiedades ajenas.

Diego y Pete iban a contestar, formulando unas palabras de protesta, pero Bob se les adelantó rápidamente:

—Sí, señor, tendremos muy presente su recomendación. —Luego, con aire inocente, añadió—: ¿Puede usted decirnos qué es lo que lleva en esa bolsa?

—Nada concerniente a vosotros, Bob Andrews —respondió el *sheriff*, secamente—. Y ahora, ¡fuera de aquí de una vez!

Los tres chicos echaron a andar a disgusto. Procurando mantenerse lo más alejados posible de los perros, cruzaron el embalse, rumbo a la carretera, en busca de sus bicicletas. Comenzó a llover copiosamente de nuevo al enfilar el camino conducente a lo que quedaba de la hacienda de los Álvaro.

Tras haber dejado a sus espaldas las construcciones derumbadas por el fuego, vieron a Pico. Estaba dando vueltas en torno a los quemados tabiques de la casa, como si hubiese tratado de localizar algo respetado por las llamas.

—¿Has encontrado algo? —le preguntó Pete.

Pico, al oír su voz, levantó la cabeza, sobresaltado.

—Estaba buscando por aquí la espada de Cortés —confesó—. Se me ocurrió la idea de que si don Sebastián la había escondido, el sitio elegido podía ser éste. Habiendo ardido la vivienda, el objetivo se haría visible por sí solo. El metal no arde en un incendio como éste, así que la espada podía ser fácilmente localizable. Pero —añadió, paseando la mirada a su alrededor— aquí no hay nada...

Enojado, dio un puntapié a un montón de tejas que había en el suelo.

—Sin embargo, el Castillo del Cóndor se halla en estos parajes, Pico —dijo su hermano—. ¡Hemos dado con él!

Los muchachos le hablaron atropelladamente de su descubrimiento del viejo mapa y del emplazamiento del Castillo del Cóndor. Le pusieron al tanto de sus andanzas por la elevación próxima al pequeño embalse. Primeramente, a Pico le brillaron los ojos, muy contento, desvaneciéndose lentamente después su alegría cuando los chicos le hicieron saber su fracaso a la hora de encontrar un escondite adecuado cerca de la gran roca de la elevación.

—Entonces, ¿de qué os ha servido que dieseis con el Castillo del Cóndor? Esto no os ha servido de nada. ¡Estamos igual que antes!

—Eso no es verdad. Algo hemos avanzado —declaró Bob—. Hemos llevado a cabo un descubrimiento de gran importancia.

—¿A qué te refieres, Bob? —inquirió Pico.

—Sabemos ya con toda certeza que don Sebastián se propuso esconder la espada pensando en su hijo José —manifestó Bob—. El nombre de Castillo del Cóndor figuraba solamente en el más antiguo de los mapas examinados. Ese lugar no tenía nada que ver con el sitio en que estaba o vivía don Sebastián, por cuya razón no tenía por qué figurar en la carta, de no ser una pista. Así, José sabría dónde buscar... ¿Y qué otra cosa podía buscar de no ser la espada de Cortés?

—Quizás estés en lo cierto, pero...

En aquel momento vieron que dos coches comenzaron a deslizarse por el camino del rancho, aproximándose rápidamente a ellos. El primero de los vehículos era la "ranchera" de Norris; el segundo era el coche del *sheriff.* De la "ranchera" se apearon en seguida Cody y Skinny Norris.

—¡Ahí está! —chilló Cody.

—¡No le deje usted escapar! —recomendó Skinny, mirando al *sheriff.*

Éste abandonó su coche.

—Yo sé muy bien cómo he de llevar este asunto —contestó secamente—. Pico no va a intentar huir.

El *sheriff* era portador también en esta ocasión de la gran bolsa de papel de color marrón que los chicos vieran antes en su manos. El hombre se acercó lentamente al hermano de Diego.

—He de preguntarte, Pico, dónde te encontrabas el día del incendio en el bosque.

—¿Que dónde estaba? —inquirió el joven, frunciendo el ceño—. Me dediqué a combatir el fuego, como usted sabe. Anteriormente al suceso, visité en compañía de Diego la escuela central de Rocky Beach.

—Cierto. Fuisteis vistos por allí. Esto ocurrió a las tres de la tarde. ¿Y dónde más estuviste antes?

—¿Antes? En el rancho, aquí. ¿Qué significa todo esto, *sheriff*?

—Hemos sabido cómo se inició el incendio. Alguien encendió un fuego detrás del rancho de Norris, mucho antes de las tres de la tarde. Éste es un acto castigado por la ley en la presente época del año. El fuego en cuestión no fue debidamente apagado, por otro lado. La valla de los Norris fue derribada...

Cody saltó:

—¡Y encontramos unas huellas hechas por vuestros caballos!

Pico declaró fríamente:

—En el caso de estar derribada vuestra valla y de entrar nuestros caballos en vuestra propiedad, es lógico que vayamos en busca de los animales. Los buenos vecinos proceden siempre así. De otro lado, ni yo ni mis amigos nos dedicamos a cometer imprudencias tal como la de encender fuego en un lugar que con facilidad puede originar un incendio.

El *sheriff* abrió la bolsa de papel, sacando de ésta un sombrero negro adornado con *conchos* de plata.

—¿Reconoces este sombrero, Pico? —preguntó el *sheriff*.

—Claro que lo reconozco —repuso Pico—. Es el mío. Temí que hubiera ardido entre los matorrales. Me alegro de que usted...

—¡Tú esperabas en realidad que hubiera ardido! —señaló Cody, bruscamente.

Los ojos de Pico brillaron amenazadores al fijarse en la fornida figura del capataz.

—¿Cuándo perdiste tu sombrero, Pico? —inquirió el *sheriff*.

—¿Cuándo...? —Pico se quedó pensativo por unos momentos—. Durante el incendio, supongo. Yo...

—No —dijo el *sheriff*—. Tú no llevabas ningún sombrero cuando el incendio. Me acuerdo de este detalle, corroborado por los bomberos con quienes he hablado.

—Pues la verdad es que no sé cuándo lo perdí...

—Pico: este sombrero fue encontrado en el mismo sitio en que se encendió el fuego que originó el incendio.

—Entonces, ¿cómo es que no ardió también?

—Las llamas fueron alejándose de aquel punto, en una sola dirección. Este sombrero se localizó en las proximidades, por donde no habían llegado a arder los matorrales.

Hubo un silencio. El *sheriff* suspiró.

—Voy a detenerte, Pico.

Diego lanzó una exclamación. Su hermano le obligó a callar. Pico hizo un gesto de asentimiento.

—Usted ha de cumplir con su deber, *sheriff*. —El joven, muy sereno, empezó a andar en dirección al coche de aquél—. Pon al corriente a Emiliano de lo que pasa —ordenó a Diego.

El *sheriff* se volvió hacia Cody y Skinny.

—Vosotros tendréis que acompañarnos, para declarar oficialmente.

—¡No faltaba más! —replicó Cody.

—Será un placer —añadió Skinny.

Después de mirar a los chicos se echó a reír, siguiendo a Cody, que se había encaminado hacia la "ranchera".

Los Investigadores y Diego siguieron a los dos coches en silencio con la vista. Había lágrimas en los ojos del pequeño Álvaro al mirar a sus amigos.

—No es posible que Pico sea el causante del incendio —declaró.

—Por supuesto —confirmó Bob—. Hay algo que falla en la historia del *sheriff,* pero no acierto a dar con lo que es. Y estoy seguro de haber visto ese sombrero antes. Sin embargo... ¿cuándo?, ¿dónde? ¡Oh! Hubiera dado cualquier cosa por que Jupiter se encontrara aquí hace unos minutos.

El Investigador suspiró, preocupado.

—Bueno —agregó—, ahora son dos los problemas con que nos enfrentamos, amigos: tenemos que seguir intentando dar con la espada de Cortés, y hemos de liberar a Pico.

*CAPITULO 10*

# Nuevas ideas

Diego se alejó en su bicicleta para ponerse al habla con Emiliano Paz. Bob y Pete se apresuraron a regresar a Rocky Beach. Los dos Investigadores intentaron establecer comunicación a lo largo del resto de aquel día, pero nadie les contestó desde la casa de los Jones. Como Jupe anunciara, la reunión de cumpleaños de su tío le retendría con sus familiares hasta bastante tarde. Finalmente, Bob y Pete renunciaron a su propósito, decidiendo irse a la cama.

A la mañana siguiente, cuando Bob entró en la cocina, a la hora del desayuno, su padre apartó la vista por un momento del periódico que tenía en las manos.

—Acabo de enterarme de que tu amigo Pico Álvaro ha sido detenido como sospechoso de haber provocado un incendio en el bosque —dijo el señor Andrews—. Se trata de una grave acusación, Bob, y lo cierto es que me encuentro sorprendido. Álvaro es un ranchero de bastante experiencia. No es posible que haya cometido un error de este tipo.

—¡No hizo nada de eso, papá! El que se ha equivocado

aquí es el *sheriff*... Alguien pretende poner en un grave apuro a Pico... Nosotros sabremos sacarle pronto de este atolladero.

—Espero que se vean confirmados tus buenos deseos —respondió el señor Andrews.

Bob acabó rápidamente con su desayuno. Luego, marcó el número del teléfono de Jupiter para ponerle al corriente de lo que había ocurrido durante su ausencia. El Primer Investigador acogió las noticias acerca de Pico con disgusto.

—Desde luego, Pico no fue el causante del incendio, ¡y tú debieras haber sabido por qué! No habrías necesitado nada más para impedir que el *sheriff* detuviera a nuestro amigo. ¿Es que no te acuerdas? Nosotros pudimos ver entonces el sombrero del hermano de Diego.

Jupiter se hallaba de mal humor por haberse perdido aquellas últimas emociones.

—Bueno, pues muchas gracias —replicó Bob, dolido—. Sucede que yo no me hallo en posesión de una memoria fotográfica como la tuya. ¿En qué momento vimos nosotros ese sombrero?

—Ya te lo diré en el colegio —contestó Jupe, más irritado que nunca.

—¡Está bien! —exclamó Bob, colgando violentamente el teléfono, tan malhumorado ya como Jupe.

Pero los Investigadores anduvieron aquel día demasiado ocupados en el centro escolar para poder cambiar impresiones. A Bob y a Jupiter fue pasándoseles el disgusto con las horas. Hacia el final de las clases volvían a ser los amigos de siempre. Iban a disponer de la mayor parte de la tarde para continuar con sus investigaciones.

—¿Ha visto alguien hoy a Diego? —inquirió Jupiter cuando se dirigían, bajo la lluvia, en sus bicicletas, al "Patio Salvaje" de los Jones.

—Yo estuve buscándolo, pero no lo encontré —declaró Pete—. No creo que haya asistido a las clases.

Pete acertaba en su suposición. Diego había estado aquel día con Emiliano Paz, dando los pasos necesarios para que su hermano dispusiera de un abogado. El chico esperaba a los Investigadores por los alrededores de su cuartel general. Una vez hubieron pasado todos al interior del escondido remolque, Diego puso a sus amigos al tanto de lo que estaba sucediendo.

—No podemos pensar en un abogado particular, así que hemos tenido que recurrir al de oficio —especificó Diego—. Nos han dicho que las cosas se presentan mal para Pico.

—Nosotros sabemos que él no causó ningún incendio, Diego —declaró Bob, irritado.

—Sí, pero ¿cómo vamos a demostrar su inocencia? —preguntó Diego, con los ojos llenos de lágrimas—. ¿Y cómo vamos a poder salvar nuestras tierras ahora? Estando encarcelado, Pico no podrá hacer nada en ese sentido. Ni siquiera disponemos de dinero para pagar una fianza.

—¿Qué es una fianza? —quiso saber Pete.

—Es una suma de dinero que se cede al juez, como garantía de que el acusado se presentará cuando vaya a ser juzgado, si se encuentra fuera de la cárcel —explicó Jupiter—. El que puede ofrecer una fianza no tiene que esperar en prisión a que se celebre el juicio.

—El juez ha fijado la fianza de Pico en la cantidad de cinco mil dólares —informó Diego.

—¡Cinco mil dólares! —exclamó Pete—. ¡Habrá muy poca gente que disponga de tanto dinero!

—No es preciso entregar la suma en su totalidad —siguió diciendo Jupiter—. Basta con dar en efectivo un diez por ciento, más o menos. Para cubrir el resto están las propiedades, la casa de uno, por ejemplo. Luego, si el interesado no comparece, el juez retiene el dinero y lo demás. De presentarse en su momento, al acusado se le devuelve la fianza. Las personas que se hallan en tal situación, en su mayoría, cumplen como es debido, para no enfrentarse con nuevos problemas.

Diego asintió:

—Pico sería de éstas. Su orgullo le impediría huir. Pero, bueno, ¿para qué seguir hablando de esto? Yo no dispongo de dinero en efectivo, ni siquiera de propiedades con las que garantizar el resto de la fianza.

—¿No has pensado en tu rancho? —inquirió Pete.

—Está hipotecado a Emiliano, así que no podemos ofrecerlo. Ahora intentamos hacernos con algún dinero, pidiéndoselo prestado a los amigos. De momento, sin embargo, Pico ha de continuar en prisión.

Jupiter apuntó, muy grave:

—Alguien ha planeado todo este asunto. No creo que pueda hablarse de un accidente. El sombrero de Pico fue robado y colocado en las inmediaciones del sitio en que fue encendida la hoguera.

—Sí, pero ¿qué pruebas podemos aportar en tal sentido, Jupiter? —gimió Diego.

—Ni siquiera sabemos cuándo llevó Pico su sombrero consigo por última vez —reconoció Bob.

—Sabemos, en cambio, amigos —declaró Jupiter—, que Pico llevaba puesto el sombrero alrededor de las tres de la tarde el jueves pasado, el día en que se declaró el incendio en el bosque. ¿No os acordáis? Lo llevaba puesto cuando nos vimos a la salida de la escuela.

—Claro, claro... —contestó Bob, dándose una palmada en la frente.

—Y eso significa que Pico no pudo haber dejado su sombrero junto a la hoguera. Antes de las tres, llevaba puesto su sombrero. Después de esta hora se hallaba con nosotros, y luego luchando contra el fuego. Si el *sheriff* está seguro de que Pico estaba destocado cuando el incendio, hay que pensar que perdió el sombrero, o que el mismo fue robado. Ello ocurriría entre el momento en que abandonamos la escuela aquel día y el de nuestra llegada al lugar del fuego.

—¿Y no podría ser, Jupe —aventuró Bob, hablando lentamente—, que Pico perdiera su sombrero mientras nos dirigíamos a aquel punto? Se había acomodado en la parte posterior de la camioneta. El viento pudo haberle arrebatado el sombrero, arrastrándolo hasta el sitio de la hoguera...

—El viento no pudo haber hecho eso con el sombrero de Pico —objetó Diego—. Siempre se lo sujeta con el cordón que lleva, pasándoselo por debajo de la barbilla, en circunstancias como las del viaje en coche.

—Aparte de que el día del incendio no soplaba mucho viento —añadió Pete—. Por este motivo, precisamente, pudo ser controlado el fuego.

—De todos modos —dijo Jupiter—, el incendio empezó antes de que nosotros llegáramos al rancho. Por tanto, nada importa que el sombrero saliera volando por el aire. De haber sucedido esto, hay que convenir que el sombrero fue a parar a las inmediaciones de la hoguera *después* de iniciarse el incendio.

Bob señaló, desalentado:

—¿Y cómo vamos a probar eso? Nosotros sabemos que Pico llevaba el somb·ero puesto a las tres de la tarde, pero esto es una mera afirmación nuestra frente a las declaraciones de Cody y Skinny.

—Creo que nuestra palabra tiene un valor —declaró Jupe, irritado—. Sin embargo, estás en lo cierto. No disponemos de pruebas. Tendremos, pues, que buscarlas. Hemos de saber con toda exactitud qué pasó con el sombrero de nuestro amigo.

—¿Qué pasos vamos a dar con tal fin, Jupe? —preguntó Pete.

—Creo que lo primero que debemos hacer es hablar con Pico, para ver si él recuerda exactamente en qué instante dejó de llevar su sombrero —decidió Jupiter—. Ahora bien, hemos de proseguir nuestras investigaciones sobre la espada de Cortés. Estoy convencido de que Skinny y Cody saben ya que andamos buscándola. Es posible, también, que crean que andamos tras algo valioso, otra cosa cualquiera, que contribuiría a que los Álvaro pudiesen conservar sus tierras. El arresto de Pico, además, es un intento por su parte para detenernos en nuestras gestiones.

—Así que hemos de volver a la Sociedad Histórica, para tratar de hallar otras referencias acerca de don Sebastián —indicó Bob.

Pete gimió:

—¡Eso podría mantenernos ocupados durante cien años más!

—Será un trabajo lento, Segundo —admitió Jupiter—, pero no tanto como tú te imaginas. Hemos de concentrar nuestra atención en dos días: el 15 y el 16 de setiembre de 1846. Don Sebastián estuvo detenido hasta el 15 de setiembre, en cuya fecha se fugó. Ya nadie volvió a verle. Y al día siguiente fueron echados de menos aquellos tres soldados. Nadie tornó a verlos tampoco.

—Nadie que nosotros sepamos —puntualizó Bob—. El chico se inclinó hacia delante—. He estado pensando en el Castillo del Cóndor, Primero. Hasta ahora, nosotros hemos venido suponiendo que es una pista que ha de conducirnos al punto en que fue escondida la espada. Pero, dado el sitio de la carta en que fue estampado el nombre, éste podría ser también la dirección de don Sebastián...

Jupiter respondió con un gesto de negación a estas palabras.

—Como dirección o señas de don Sebastián habría que considerar la casa de Cabrillo... o su hacienda...

—No necesariamente —insistió Bob—. Amigos: yo recuerdo haber leído la historia de un hombre que se encontró en un apuro semejante al de don Sebastián. Era un escocés llamado Cluny Macpherson. Cuando los ingleses invadieron las Tierras Altas escocesas, en 1745, venciendo a los naturales del país en la batalla de Culloden, intentaron dar muerte o encerrar en sus prisiones a los jefes enemigos. La mayor parte de éstos abandonaron el país... Cluny, jefe del Clan Macpherson, no procedió así. Pese a saber que los ingleses le perseguían, se negó a huir.

—¿Y qué hizo? —inquirió Diego.

—Estuvo viviendo en una cueva, dentro de sus tierras, durante casi once años —replicó Bob—. Los miembros de su Clan le ayudaron a mantenerse oculto. Ellos le proporcionaron alimentos, agua y ropas. Los ingleses no pudieron dar con él nunca. Cuando las circunstancias lo permitieron, Cluny volvió a dejarse ver de nuevo.

Pete concretó:

—Lo que tú piensas, entonces, es que el nombre de Castillo del Cóndor era una pista destinada a indicar el lugar en que don Sebastián pensaba ocultarse, ¿no?

Bob hizo un gesto afirmativo.

—Recordaréis que a Pico le extrañaba mucho que nadie hubiera vuelto a ver a don Sebastián no habiendo sido atacado con armas de fuego ni habiendo caído al mar... ¿Y dónde fue a parar si logró huir? Pues bien, yo creo que planeaba esconderse en su propio rancho, en algún punto situado en las cercanías del Castillo del Cóndor.

—Sus amigos, luego, se encargarían de facilitarle comida y otro tipo de ayudas —remató Jupiter—. Es posible que estés en lo cierto, Tercero. No se me había ocurrido esa hipótesis. Si damos por cierta tu suposición, tendremos que ponernos a repasar viejos periódicos, diarios y cartas, por si de una manera u otra se habla en ellos de un hecho semejante. Pero tendremos que alargar el espacio de tiempo en que centramos nuestra investigación, extendiéndonos hasta los restantes días de setiembre de 1846, para empezar.

—¡Oh! —se quejó Pete—. ¡Más trabajo todavía! ¡Lo que nos faltaba!

—No podemos desperdiciar ninguna posible pista —alegó Jupiter—. Ahora, ocurre que la mayor parte de los papeles que hemos de examinar estarán en español, de manera que seremos Diego y yo quienes los estudiemos.

—¿Y qué haremos entretanto Pete y yo? —preguntó Bob.

—Tú y Pete visitaréis a Pico en la prisión para hacerle recordar todo lo que pasó con su sombrero.

*CAPITULO 11*

# Una visita a la cárcel

La prisión de Rocky Beach se hallaba en el último piso del edificio en que estaba la Jefatura de Policía. Llegábase a ella después de dejar atrás un corredor especial. Luego, había que utilizar un ascensor. El corredor, al que se accedía por una puerta situada a la izquierda de la entrada principal, se encontraba bloqueado por una verja de hierro. Un policía estaba sentado delante de la misma, frente a un pupitre. Bob y Pete, muy nerviosos, saludaron al hombre, comunicándole que deseaban ver a Pico.

—Lo siento, muchachos —repuso el policía—. Se permite visitar a los detenidos después de la hora de la comida... ¡A menos que seáis vosotros sus abogados!

El hombre se burlaba de ellos, sin duda.

Bob adoptó una actitud muy digna.

—Bueno, en fin de cuentas, Pico es nuestro cliente.

—Somos, en cierto modo, una especie de abogados suyos... —apoyó Pete.

—Está bien, muchachos. Me encuentro demasiado ocupado para jugar ahora...

—Somos detectives privados, señor —dijo Bob, rápidamente—. Detectives juveniles, quiero decir. Pico, es nuestro cliente, en realidad. Tenemos necesidad de hablar con él. Nos estamos ocupando de su caso. Esto es importante. Nosotros...

El policía frunció el ceño.

—Ya, ya. ¡Fuera de aquí los dos!

Bob y Pete tragaron saliva. Disponíanse a retirarse cuando oyeron unas palabras a sus espaldas:

—Enseñadle vuestras tarjetas, muchachos.

El jefe Reynolds, de la Policía de Rocky Beach, estaba detrás de Bob y Pete, muy sonriente. Bob mostró al policía de servicio allí sus dos tarjetas. El hombre las leyó atentamente.

—¿Qué buscáis aquí, chicos? —preguntó el jefe Reynolds.

Ellos se lo explicaron detalladamente, y él asintió, muy serio.

—Bueno, creo que podríamos alterar un poco las normas habituales en este caso. Pico Álvaro no es ningún criminal peligroso, sargento, y los investigadores tienen derecho a entrevistarse con sus clientes.

—En efecto, señor —repuso el policía del pupitre—. Ignoraba que estos chicos fuesen amigos suyos.

—No se trata de amigos, sargento, sino de colaboradores civiles. Se quedaría usted sorprendido si supiera cuántas veces nos han prestado una ayuda eficaz.

El jefe Reynolds se despidió de Bob y de Pete, alejándose de allí. El policía del pupitre oprimió entonces un botón. Apareció entonces otro agente, que procedió a abrir la verja de hierro. Los chicos se apresuraron a entrar en el edificio, sobresaltándose ligeramente al oír el estruendo de la metálica puerta al ser cerrada de nuevo.

—¡Caramba! —exclamó Pete—. No sabes lo que me alegro de que seamos aquí tan sólo unos visitantes.

Los dos Investigadores pasaron a un ascensor, que abandonaron al llegar al último piso. Enfilaron un grande y bien iluminado pasillo, a lo largo de cuyas paredes se veían unas cuantas mesas y varios mostradores. En el primero de la izquierda, los detenidos, al ingresar en el establecimiento, vaciaban sus bolsillos, deshaciéndose momentáneamente de sus personales efectos. En el siguiente, se les tomaban las huellas dactilares; en el tercero eran provistos de las ropas necesarias, que se ponían en un cuarto situado al final del pasillo. Junto a él había una puerta de hierro con un rótulo que rezaba: "Sala de Visitas". En uno de los mostradores del pasillo, unos agentes interrogaban a varios individuos que acababan de ingresar en el establecimiento penitenciario.

—Por aquí muchachos —dijo un agente desde la primera mesa—. ¿Sois vosotros Andrews y Crenshaw? ¿Sois detectives privados?

Ellos hicieron un gesto afirmativo al tiempo que tragaban saliva. El policía recogió sus nombres y señas respectivas en un impreso. Seguidamente anotó el nombre del detenido que iban a visitar y el motivo de la entrevista.

—Bien. Situaros ahora junto a esa pared.

Bob y Pete obedecieron. Otro policía se encargó de cachearlos expertamente, por si eran portadores de armas o de cualquier otro elemento susceptible de ser empleado para perpetrar una fuga. Pete se alegró de no llevar encima aquel día su navaja del ejército suizo. Finalmente, el primer policía abrió para ellos la puerta metálica, haciéndolos pasar a otro recinto.

Era una sala larga y estrecha. Un mostrador dividía la sala en toda su longitud. Unos pequeños mamparos formaban una especie de cubículos seguidos. En un extremo se hallaba la puerta de acceso de los visitantes, y en otro la correspondiente a los alojamientos de los reclusos. Otro mamparo longitudinal en cada cubículo, separaba a los primeros de los segundos, una vez sentados frente a frente. De esta manera se impedía que pudiese ser entregado algo ocultamente a los detenidos. La vigilancia de la nave correspondía a un agente sentado en un punto estratégico del gran mostrador.

Bob y Pete tomaron asiento en uno de los cubículos. La segunda puerta de hierro se abrió, entrando allí Pico, en compañía de uno de los guardianes. El joven se instaló frente a sus amigos.

—Habéis sido muy amables al venir a verme, pero la verdad es que no necesito nada...

—Nosotros sabemos que tú no encendiste aquella hoguera que provocó el incendio —declaró Pete.

Pico sonrió.

—Por desgracia, el *sheriff* no comparte vuestra opinión.

—Es que ahora creemos poder probar lo que afirmamos.

—¿Sí? ¿Cómo, muchachos?

Bob y Pete pusieron al corriente a Pico de cuanto habían hablado sobre el sombrero.

—A las tres de la tarde, en la escuela, tú todavía llevabas el sombrero... No pudiste haberlo dejado cerca de aquella hoguera en el rancho Norris hasta después de haber llegado todos nosotros a la hacienda. Y en ese momento, el fuego estaba ya iniciado... ¡Había sido provocado por otra persona!

A Pico le brillaban mucho los ojos.

—Así pues, mi sombrero debió de haber ido a parar a las tierras de Norris tras haberse producido el incendio. ¡Muy bien, muchachos! Desde luego, sois unos detectives excelentes. Mi sombrero fue a parar allí accidentalmente. Es decir, si no es que...

—Si no es que alguien lo colocó allí adrede.

—Lo malo —objetó Pico— es que vosotros no podéis probar que yo llevaba puesto el sombrero cuando estábamos en la escuela. Es una simple afirmación vuestra, que no tiene respaldo.

Bob convino:

—Cierto. Pero ahora sabemos la verdad de la ocurrido, y tenemos que averiguar cómo fue a parar tu sombrero junto a la hoguera.

—Hemos de saber —añadió Pete— dónde lo dejaste—. Lo llevabas puesto en la escuela, y me parece recordar que también en el "Patio Salvaje" de los Jones. ¿Ibas tocado con él en la camioneta?

—¿En la camioneta? —Pico arrugó el ceño—. Nos habíamos acomodado detrás, sí... Estuve hablando de mis familiares. Quizá... No, no estoy seguro. No recuerdo haberme quitado el sombrero... ¡Ni siquiera sé si lo llevaba puesto!

—¡Tienes que hacer un esfuerzo por recordar eso! —insistió Pete, enérgicamente.

—¡Reflexiona, Pico! —apremió Bob.

Pero el joven se limitó a mirar a sus amigos, sin decir nada.

Diego suspiró, cansado, cuando pasó el lector de microfilme a otra de las páginas del viejo periódico que estaba estudiando. Se hallaba en la Biblioteca Pública de Rocky Beach, adonde Jupe le enviara cuando descubrieron que la Sociedad Histórica no disponía de una colección completa de los periódicos antiguos. En 1846 habíase publicado en Rocky Beach un semanario. Diego había examinado los números correspondientes a dos meses. Se encontraba ahora en el correspondiente a la cuarta semana de octubre. Poco era lo que había localizado: sólo una gacetilla breve, concerniente a la muerte de don Sebastián. Claramente se observaba que la nota se basaba en el informe del sargento Brewster, no diciendo nada nuevo.

Diego tornó a suspirar, estirándose perezosamente. En la sala en que estaba reinaba el silencio. Únicamente se oía allí el tamborileo de la lluvia en los cristales de las ventanas. Concentró su atención en el pequeño montón de libros que había en una mesita que tenía al lado. Tratábase de memorias y diarios escritos por algunos residentes locales del siglo diecinueve.

El chico abrió el primer libro y empezó a buscar anotaciones que databan de mediados de setiembre de 1846...

Jupiter, en la Sociedad Histórica, dejó el quinto diario examinado a un lado, prestando atención al rumor de la lluvia. Los viejos manuscritos de los antiguos pobladores españoles resultaban fascinantes, teniendo que hacer el chico un gran esfuerzo para limitarse a leer las notas cercanas a la fecha en que se había producido la fuga de don Sebastián. Pero hasta aquellos instantes no había logrado dar con ninguna pista.

Desanimado, extendió ante él el sexto diario, albergando muy escasas esperanzas de dar con algo de interés. Al menos, la lectura del mismo no le costaría tanto trabajo. El sexto diario estaba redactado en inglés. Había sido escrito por un segundo teniente de caballería, miembro de la pequeña fuerza de invasores americanos mandada por Frémont.

Jupiter localizó las páginas de mediados de setiembre de 1846, y comenzó a leer con rapidez.

Diez minutos más tarde, de repente, se inclinó hacia delante... Brillábanle mucho los ojos; sentíase emocionado. Atentamente, releyó una de las páginas escritas por aquel segundo teniente de Frémont, hacía mucho tiempo olvidado.

Después de sacar una copia de la página que le había interesado tanto, devolvió los libros al encargado, saliendo a la calle, bajo la lluvia...

En la sala de visitas de la cárcel de Rocky Beach, Pico tornó a hacer un movimiento denegatorio de cabeza.

—No acierto a recordarlo, muchachos, lo siento.

—Está bien —dijo Bob, calmosamente—. Vamos a ir sobre todo paso a paso. Comencemos... Hallándonos en la escuela, tú llevabas tu sombrero. Jupiter recuerda claramente eso, y yo creo que también. Sigamos...

—Skinny y Cody se acordarán también de ese detalle. Claro que no sé si desearán admitirlo —aventuró Pete, con amargura.

—No querrán admitirlo, desde luego —aseguró Bob—. Pete está completamente convencido de que tú llevabas el sombrero todavía en el "Patio Salvaje" de los Jones. Encontrándonos en la camioneta, nos estuviste explicando cosas referentes a las tierras de los Álvaro. Me acuerdo de que estuviste señalando a un sitio y a otro, de modo que no llevabas el sombrero en las manos. Hacía frío y se notaba el viento en la camioneta. Lo lógico, por tanto, es pensar que continuabas con el sombrero puesto, a fin de mantener tu cabeza abrigada.

—Luego, llegamos a la hacienda —dijo Pete—. Nos apeamos de la camioneta, y tú te pusiste a hablar con tío Titus acerca de la estatua de Cortés. ¿Y qué sucedió después, Pico? ¿Entraste en la casa y te quitaste el sombrero, quizá?

—Bueno, yo... —Pico se quedó pensativo por un momento—. No, no entré en la casa... Yo... Todos nosotros... ¡Esperad! ¡Sí, creo que me acuerdo yo!

—¿De qué? —apremió Pete.

—¡Sigue! —ordenó Bob, nervioso.

A Pico le brillaban mucho los ojos.

—Todos entramos en el granero para que el señor Jones viera las cosas que pensaba venderle. No se veía muy bien dentro de aquella construcción y me molestaba el sombrero. Entonces, me lo quité, y... —Pico Álvaro miró alternativamente a los dos chicos—. Lo colgué de una clavija que había en la puerta, por la parte de dentro. Sí, estoy seguro de que procedí así... A continuación, oímos las voces de Huerta y Guerra, gritando: "¡Fuego!" ¡Salí corriendo con todos vosotros, dejándome el sombrero allí!

—Pues entonces allí debía haberse encontrado, y no junto a la hoguera que fue encendida en el rancho de Norris —señaló Bob.

—Alguien lo sacó del granero antes de que éste fuese

pasto de las llamas —concluyó Pete—, poniéndolo en el otro sitio a fin de incriminar a Pico.

—Sin embargo —manifestó el joven Álvaro—, seguimos sin disponer de pruebas.

—Tal vez encontremos alguna en el granero si éste no fue pasto de las llamas en su totalidad —dijo Bob—. Vámonos en busca de Jupe, Pete. Hemos de tenerle informado.

Los muchachos se despidieron de Pico, apresurándose a salir de la sala en cuanto el guardián hubo desaparecido en compañía del joven.

Pedalearon bajo la lluvia, en dirección a la Sociedad Histórica, en la que entraron corriendo. ¡Jupiter no se encontraba allí!

¿A dónde se habrá ido, Tercero? —preguntó Pete.

—No lo sé —repuso Bob, mordiéndose el labio inferior, pensativo—. Pero estoy pensando, Segundo, que disponemos de un par de horas antes de que oscurezca. Ha llegado el momento de intentar localizar en el granero de los Álvaro alguna prueba que respalde nuestra suposición de que el sombrero de Pico fue robado por alguien cuya identidad desconocemos.

—¡En marcha, entonces! —decidió Pete—. También es posible que Jupe se encuentre por allí en compañía de Diego.

Los chicos volvieron a montar en sus bicicletas, pedaleando enérgicamente bajo la lluvia, rumbo a lo que quedaba de la hacienda de los Álvaro.

CAPITULO 12

# Un descubrimiento en las ruinas

La lluvia cesó cuando Bob y Pete entraban en el patio de la finca. Reinaba el silencio entre las ennegrecidas maderas que habían sido pasto de las llamas, recordando las destrozadas casas de los campos de batalla. En la elevación situada al fondo de la hacienda, la estatua del caballo decapitado se recortaba, fantasmal y amenazadora, contra unas nubes bajas que se deslizaban rápidamente. Jupiter y Diego no se encontraban en aquel lugar.

—Quizá debiéramos esperar aquí un rato —sugirió Pete.

—Ya que estamos aquí —repuso Bob—, debiéramos echar un vistazo a estas ruinas, para tratar de dar con alguna pista.

Pete se quedó mirando las destrozadas paredes del granero, los restos de sus viejas vigas.

—¡Caramba! No ha quedado en pie casi nada... ¿Por dónde podemos empezar?

Bob replicó:

—Supongo que Jupe diría que las cosas deben empezarse por el principio. Primeramente, inspeccionaremos los alrededores del pajar. Tal vez demos así con algunas huellas, o con un objeto que se le haya caído al alguien...

Pete se mostró de acuerdo. Los dos chicos de dividieron la parte delantera del pajar. Doblando el cuerpo, inspeccionaron atentamente, palmo a palmo, el cenagoso suelo. Así fueron avanzando poco a poco hacia la entrada de la construcción, en ruinas ahora. La lluvia había convertido el patio en un barrizal. El fango cubrió en seguida por completo los zapatos de los dos Investigadores, quienes avanzaban con dificultad, por culpa del pegadizo cieno.

Se juntaron ante lo que había sido la entrada del granero. Aquí sólo quedaba el marco de la puerta, que aparecía retorcido, con algunas de sus porciones colgando.

—No he visto nada —se lamentó Pete—. La capa de barro ha cubierto hasta las piedras.

—Yo creo que de todas maneras no habríamos visto ninguna huella. El suelo de adobes es tan duro como la roca cuando está bien seco. Probemos suerte dentro.

El interior era un auténtico laberinto, formado por las maderas del techo al desplomarse, junto con las paredes, los pesebres y los centenares de objetos, ahora en un estado lamentable, que los Álvaro se propusieran vender a tío Titus. Dos de los muros exteriores se habían derrumbado por entero, y los otros dos se habían hecho pedazos. Las ventanas eran como unas impresionantes heridas donde se hacían patentes. Al cabo de varios días de lluvia, se notaba allí un desagradable olor. Pocas cosas había que resultaran identificables. Los muchachos miraban una y otra vez a su alrededor, presas de la mayor confusión.

—¿Qué podríamos encontrar en este revoltillo? —gimió

Pete—. Bueno, ¡si ni siquiera sabemos lo que andamos buscando!

—Buscamos una pista que nos revele la persona que estuvo aquí para apoderarse del sombrero de Pico —puntualizó Bob, negándose a dejarse llevar por el desaliento—. Y tú ya sabes lo que Jupe diría: sabremos qué es lo que buscamos cuando lo tengamos ante nuestros ojos.

—De acuerdo, pero ¿qué puede encontrarse entre tanto desorden? ¿Por dónde podríamos empezar?

—Empezaremos por el sitio en que se hallaba el sombrero la última vez —declaró Bob, señalando hacia el marco de la puerta. La pared más cercana era una de las que presentaban todavía algunas porciones en pie—. Fíjate, aún sigue ahí la clavija utilizada por Pico para colgar su sombrero.

—Parte de ella, querrás decir —musitó Pete, aunque siguiendo a Bob.

Eran tres las clavijas que había habido allí, por dentro de la puerta. Las llamas habíanlas acortado o anulado, pero todavía resultaban visibles. Bob y Pete comenzaron a estudiar el espacio de suelo que quedaba inmediatamente debajo.

Éste se encontraba cubierto de cenizas. Lo único que podía distinguirse allí claramente eran las losas. Los chicos dieron con centenares de piezas pequeñas, rotas, chamuscadas por el fuego, mientras se apartaban progresivamente de la pared, describiendo un círculo cada vez más amplio. No vieron nada, en definitiva, que pudiera tener un significado especial. Todo lo que tocaron y estudiaron pertenecía indudablemente a los Álvaro.

Por último, Pete se sentó sobre una de las vigas caídas.

—Si aquí hay alguna pista tendría que estar dotada de un rótulo indicador para que la localizáramos —se lamentó el chico.

—Creo que tienes razón, Segundo —admitió Bob, aunque a disgusto—. Está todo esto tan revuelto que...

—¡Un momento! Alguien se acerca —dijo Pete, poniéndose en pie y dirigiéndose hacia la puerta—. Deben de ser Diego y Jupe... —De pronto, el muchacho retrocedió, ocultándose tras el quemado muro—. ¡Bob! —exclamó, hablando ahora en un susurro—. ¡Se acercan tres hombres! ¡Tres desconocidos!

Bob se agachó detrás de un montón de escombros, echando un vistazo al exterior por la puerta.

—Se encaminan al granero... No me gusta su aspecto, Segundo. ¡Rápido! Escondámonos bajo esas vigas. ¡Deprisa!

Se desplazaron presurosos, pero sin hacer ruido, hacia un lado del granero. Por aquella parte, la pared había caído sobre unas vigas del techo que quedaron apoyadas en el muro frontal. Debajo de éstas había un pequeño espacio en forma de triángulo, en sombras. Los chicos se refugiaron en el hueco arrastrándose. Miraron hacia fuera. Temerosos de hacer algún ruido, apenas se atrevían a respirar.

Unos minutos después, los hombres entraron en el granero.

Pete susurró, inquieto:

—¡Caramba! Parecen ser tipos de malas pulgas...

Los tres desconocidos miraron a su alrededor, desorientados. Uno de ellos era alto, corpulento, de negros cabellos y frondoso bigote, sobre una barba de tres días. El segundo era menudo y delgado, de rostro afilado de rata, destacándose en su cara sus ojos, pequeños y crueles. El tercero era gordo y calvo, un tipo de nariz rojiza y grande, con los dientes más visibles partidos. Eran unos individuos de rudo aspecto, con las ropas sucias. Vestían desgastados pantalones de vaquero, calzaban viejas botas; sus camisas se veían manchadas y grasientas, como los sombreros. Sus rostros y manos daban la impresión de no haber sido lavados en un mes.

Todos tenían un gesto agrio en sus caras mientras contemplaban aquellas ruinas.

—Aquí no vamos a encontrar nada —comentó el más pequeño de los tres—. No, no es posible, Cap.

—Tenemos que dar con ellas —dijo el grandullón de los negros cabellos y frondoso bigote.

—No hay manera, Cap —remató el gordo, con voz chillona.

Moviendo la cabeza, señaló el granero en una y otra dirección.

—¿Por qué no hacéis algo? —inquirió Cap—. Tienen que estar aquí.

—Puede ser, Cap, puede ser —manifestó el gordo, esperanzado.

Entonces, se puso a dar patadas a cuanto se hallaba a su alcance, fijando la vista en el suelo, como si hubiera esperado que de éste surgiese algo espontáneamente.

El tipo de la cara de rata comenzó a andar de un lado para otro, mirando aquí y allí, pero sin tomarse muchos trabajos. El grandullón, Cap, lo miró como si hubiese querido fulminarlo.

—Agáchate y mira bien, Pike. ¡No se trata de arrancar margaritas!

Pike miró descaradamente a Cap. Finalmente, se inclinó, poniendo más interés en su tarea. Cap se volvió hacia el gordo.

—Muévete tú también, Tulsa. Cada uno inspeccionará una zona de este recinto.

Inmediatamente, Tulsa se colocó a gatas sobre las cenizas, comenzando a arrastrarse con el rostro casi rozando el suelo. Cap y Pike le miraron disgustados por unos instantes. Luego, efectuaron una inspección de la entrada.

—¿Seguro que las perdiste aquí, Cap? —inquirió Pike.

—Seguro. Tuvimos que hacer un "puente" para salir de aquí aquel día, ¿no? Y procurarnos más tarde otro juego.

Por dos veces, uno de los hombres se deslizó muy cerca del sitio en que Bob y Pete, escondidos, contenían el aliento, temiendo ser descubiertos. Los chicos hubieran podido tocar en cierto momento las botas de Cap, el grandullón. Pete tragó saliva. Silenciosamente, llamó la atención de su camarada hacia una navaja de gruesa empuñadura inserta en una especie de funda adherida a una de las botas del rufián.

Pico dijo al cabo de un rato:

—¿No las perderías en otro sitio?

—No seas estúpido —replicó Cap, disgustado—. Las necesitábamos para llegar con el coche aquí, ¿no?

—Podrían habérsete caído fuera —indicó Pike.

El hombre flaco y pequeño se sentó en una de las vigas que ocultaban a Pete y Bob. Entonces, sacó una navaja impresionante, entreteniéndose en sacar astillas a un trozo de madera quemado en parte.

—De acuerdo —concedió finalmente Cap—. Es posible que tengáis razón. Supongo que no lograremos encontrarlas aquí sin disponer de ninguna luz. Vamos a mirar primeramente en el sitio en que estuvimos aparcados aquel día. De no encontrarlas, nos proveeremos de algunas luces.

Pike y sus compañeros abandonaron el granero. Bob y Pete se mantuvieron a la expectativa antes de decidirse a salir de su escondite, asomándose previamente. Los tres individuos estaban en el corral, hablando y discutiendo. Luego, se hizo el silencio. Cautelosamente, se deslizaron fuera de su escondite, encaminándose a la puerta. El patio estaba vacío. Bob se volvió hacia Pete con los ojos centelleantes.

—No sé quiénes son estos hombres, Segundo, pero presiento que estuvieron aquí el día del incendio y que, probablemente, han tenido algo que ver con el sombrero de Pico. Creo que lo que perdieron son las llaves de un coche...

—Todo parece apuntar a eso —convino Pett—. A juzgar por su aspecto, son vaqueros. ¡Tal vez trabajen para el señor Norris!

Bob añadió:

—Quieren dar a toda costa con esas llaves. Esto significa que representan algo peligroso para ellos... ¡o para alguna otra persona! ¡No les perdamos de vista! Hagamos cuanto esté en nuestras manos para localizarlas. Procedamos con orden...

—Ya hemos hecho un intento en este sentido —recordó Pete—. Esos tipos tampoco lograron encontrarlas.

—Ellos miraron muy a la ligera y ahora sabemos lo que buscamos —puntualizó Bob—. He visto un rastrillo chamuscado allí... ¡Cógelo! Exploraremos el piso por debajo de la clavija.

Pete dio con el rastrillo en un rincón del recinto. Tenía

el mango medio quemado, pero la parte del metal y éste se hallaban en buenas condiciones. Repasó el suelo, clareando las cenizas y los escombros. Cada vez que el rastrillo entraba en contacto con algo metálico, él y Bob se inclinaban ansiosamente para estudiar el objeto. Su trabajo resultó ahora más fácil que antes porque el día se había vuelto más claro, notándose más luz en el granero. En las alturas, las nubes se desgarraban, asomando por entre ellas un cielo azul.

Finalmente, Bob exclamó:

—¡Pete!

El chico señaló en el suelo algo que tenía reflejos metálicos.

Los dos amigos estuvieron a punto de chocar con sus cabezas al agacharse de repente para coger aquello.

—¡Dos llaves sujetas a una cadenita, con un dólar de plata! —reveló Bob.

—¿Ves tú alguna marca especial en ellas, algo que sirva para identificarlas? —inquirió Pete, rápidamente.

Bob procedió a examinarlas detalladamente.

—No, aquí no se ve nada. Pero se trata de las llaves de un coche, desde luego. Deben de ser las que esos hombres andan buscando.

—Pudieran pertenecer también a Pico —consideró Pete—. O quizá sean de cualquiera de sus amigos...

—¡Eh! ¡Vosotros! ¡Muchachos!

Bob y Pete giraron en redondo. El hombre gordo, el llamado Tulsa, había fijado los ojos en ellos desde la entrada del recinto. Por un momento, los dos Investigadores tuvieron la impresión de que aquel individuo no sabía qué hacer.

—¡Vámonos por la parte de atrás! —susurró Pete a Bob.

Echaron a correr en aquella dirección, logrando llegar a unos robles existentes detrás del granero. Luego, fueron desplazándose de árbol en árbol, hasta situarse en un punto desde el cual dominaban el patio de la hacienda.

—¡Eh! ¡Vosotros!

El hombre fornido y moreno llamado Cap, cerca de la casa en ruinas, agitaba los brazos, dirigiéndose a los chicos. De repente, el tipo de la cara de rata salió del corral, llamando a su compañero.

—¡Cap! ¡Tulsa acaba de decirme que esos muchachos encontraron algo en el granero!

Los dos Investigadores miraron a su alrededor, sin saber qué determinación tomar. Se hallaban alejados de sus bicicletas, en el patio de la hacienda, y no acertaban a descubrir ningún sitio donde esconderse.

—¡Corramos hacia el promontorio! —siseó Pete.

Empezaron a correr en dirección a aquél, hacia donde la estatua del caballo decapitado se perfilaba contra el firmamento...

CAPÍTULO 13

# Peligro en el rancho

Al salir de la Sociedad Histórica, Jupiter se encaminó en su bicileta al lugar en que estaba la biblioteca, localizando a Diego. El joven Álvaro se sentía muy compungido.

—En los viejos periódicos he encontrado muchas referencias sobre escaramuzas que tuvieron por escenario los cañones, por la época que a nosotros nos interesa —informó—. Sin embargo, no he leído nada que pueda servirnos para averiguar qué fue de don Sebastián.

—Bueno, eso no importa ahora —dijo Jupiter, muy nervioso—. Creo que acabo de dar con algo de gran interés. Bob y Pete deben de haber abandonado la prisión ya... Probablemente, se encuentran en nuestro cuartel general. ¡Vámonos para allá!

Los chicos pedalearon enérgicamente bajo la lluvia, rumbo al "Patio Salvaje" de los Jones. Para evitar que su tía Mathilda o su tío Titus le vieran, encargándole consecuentemente algún trabajo, Jupiter guió a Diego hasta la entrada posterior. Detúvose junto a una valla que quedaba a unos quince metros de la esquina. Toda la valla del "Patio Salvaje" había sido decorada por artistas de Rocky Beach. Jupe habíase parado ante una dramática escena evocadora del incendio de San Francisco de 1906. En la pintura se veía un perrito sentado en las proximidades de unas llamas.

—Dimos al perro el nombre de "Rover" —hizo saber Jupiter a Diego—. Por tanto, esta entrada secreta se llama la Puerta Roja de Rover.

Uno de los ojos del can era el nudo de una tabla. Jupiter tiró cuidadosamente de éste, introduciendo la mano en el hueco para así alcanzar un escondido pestillo. Tres de las tablas de la valla giraron. Diego y Jupiter se adentraron en el "Patio Salvaje".

Después de dejar sus bicicletas convenientemente aparcadas, se deslizaron por unos ocultos pasadizos, por entre los montones de chatarra, llegando a un panel que daba directamente al cuartel general de los Tres Investigadores. Bob y Pete no se encontraban allí.

—Probablemente, están hablando todavía con Pico —opinó Jupiter—. Esperaremos aquí su regreso.

—De acuerdo —contestó Diego—. Pero, bueno, ¿qué es lo que has descubierto?

Jupiter sacó de uno de sus bolsillos un trozo de papel. Le brillaban los ojos en estos instantes.

—Uno de los hombres de Frémont, un segundo teniente, que estuvo también por aquí, llevó un diario personal de sus andanzas... En la anotación correspondiente al 15 de setiembre de 1846 vi esto —Jupiter empezó a leer—: "¡La cabeza me da vueltas! Tengo miedo de que los esfuerzos exigidos por la acción invasora hayan afectado a mi mente. Esta noche me ordenaron que fuera a la hacienda de don

Sebastián Álvaro, a donde parece ser que han pasado ocultamente algunas cosas. Al oscurecer, vi lo que sólo pudo ser figuración de un cerebro ofuscado. En una elevación situada al otro lado del cauce del Santa Inés, descubrí al propio don Sebastián Álvaro, montado a caballo y blandiendo su espada. Pronto se hizo la oscuridad absoluta a mi alrededor, y no queriendo correr el peligro que entrañaba un encuentro a solas, en plena noche, regresé a nuestro campamento. Aquí me informaron de que don Sebastián, aquella misma mañana, había sido abatido de unos cuantos disparos, cuando intentaba huir. ¿Qué fue entonces lo que vi en aquel promontorio, al abandonar la hacienda? ¿Era un espectro? ¿Tratábase de una ilusión de mis sentidos? ¿Había tenido yo noticia de alguna casual referencia a la muerte de don Sebastián, emergiendo de las profundidades de mi fatigada mente con la visión de la hacienda? No sé a qué atenerme..."

—¡Pero es que nadie disparó sobre don Sebastián! —objetó Diego—. Entonces, ese teniente le vio, en realidad. ¡Y empuñaba la espada, Jupiter!

—Sí —convino Jupiter, en tono de triunfo—. Creo que ahora hemos probado de una manera concluyente que don Sebastián se hallaba vivo en la noche del 15 de setiembre, y que llevaba la espada de Cortés consigo al huir. A ese teniente no le pasaba nada anormal. En cuanto Bob y Pete lleguen inspeccionaremos el lugar descrito por aquel oficial.

Media hora después, Bob y Pete seguían sin presentarse allí. Diego empezó a sentirse alarmado.

—¿Les habrá pasado algo? ¿Le habrá ocurrido algo también a Pico? —inquirió el chico, nervioso.

—Siempre existe esa posibilidad —reconoció Jupiter,

muy serio—. Lo más probable, sin embargo, es que Pico les haya dado cuenta de algún detalle importante, dedicándose entonces ellos a investigar por su cuenta.

—Pero... ¿a dónde pueden haber ido?

—Considerando que trataban de hacer recordar a Pico en qué sitio llevó por última vez su sombrero, me imagino que se habrán trasladado a vuestra hacienda. Iremos en su busca.

Jupiter y Diego salieron por la Puerta Roja de Rover, dirigiéndose rápidamente a la finca en su bicicletas. La lluvia había cesado, y el firmamento se abrillabantaba lentamente. El cauce del Santa Inés estaba lleno, a rebosar, según apreciaron al deslizarse por el puente de piedra. Poco después, levantaban la vista para contemplar la estatua de Cortés, con el caballo decapitado.

—¡Jupiter! ¡Esa estatua... se mueve! —exclamó Diego.

Frenaron sus bicicletas, contemplando atentamente aquélla.

—¡No, no se mueve! —respondió Jupiter—. ¡Es que anda alguien en sus inmediaciones!

—¡Alguien se ha escondido detrás de la estatua! —confirmó Diego.

—Son dos figuras! ¡Han echado a correr!

—¡Vienen hacia aquí!

—¡Son Bob y Pete!

—¡Adelante!

Se adentraron por unos matorrales que bordeaban el camino, avanzando a toda prisa. Bob y Pete descendían por la ladera resbalando, patinando. Jadeantes, los cuatro chicos se reunieron en una profunda zanja, al lado de la carretera.

**9.**—Misterio del caballo decapitado

—¡Hemos encontrado una prueba, Primero! —informó Pete, sin aliento.

—¡Fuimos localizados por tres tipos desconocidos! —señaló Bob, respirando entrecortadamente.

—¿Quiénes son esos hombres? —inquirió Diego.

—No lo sabemos. Pero nos persiguen.

—¡Volvamos al puente! —ordenó Jupiter—. Nos esconderemos debajo de él.

—Seguro que mirarán por allí, Jupe —objetó Pete.

—En ese lugar hay una tubería de gran diámetro, que se adentra en esta hondonada, quedando oculta bajo la vegetación —informó Diego—. ¡Vamos!

Se deslizaron por la zanja, cubierta de enlodados matorrales. Diego escarbó entre el espinoso chaparral hasta descubrir la boca de un gigantesco tubo de desagüe que sobresalía por una ladera. Los chicos se internaron en él, pese a que corría por allí un poco de agua... Seguidamente, taparon la boca con algunas malezas. Muy juntos, acurrucados, esperaron ansiosamente...

—¿Qué prueba encontrasteis vosotros? —susurró Jupiter.

Bob y Pete pasaron a referirle su aventura en el granero quemado, hablándole del juego de llaves. Diego se acercó éstas a los ojos para tratar de identificarlas. La luz era muy escasa allí.

—Creo estar seguro de que no son nuestras —manifestó el chico.

—Oímos decir a aquellos tipos que las habían perdido, viéndose obligados a arrancar su coche mediante un "puente"...

Jupiter reflexionó.

—Todo parece indicar que esos sujetos estuvieron en el granero antes de que el mismo fuese pasto de las llamas. Evidentemente, no quieren que otros encuentren las llaves, ya que entonces se sabría que habían estado allí. ¡Quizá fueron ellos los que robaron el sombrero de Pico, dejándolo junto a la hoguera!

—Pero, ¿quién es esa gente, Primero? —preguntó Pete, con voz ronca.

—No lo sé, Segundo. Es posible, sin embargo, que tengan que ver con el incendio y la detención de Pico. Yo..., ¡Sssss!

Todos guardaron silencio. Oyeron un rumor de pasos por el camino. Los chicos miraron por entre los matorrales, divisando entonces a los vaqueros. Callados, sombríos, los tres individuos se perdieron de vista en seguida.

Diego susurró:

—Es la primera vez que veo esas caras. Si trabajan para el señor Norris, son nuevos aquí.

—¿Y qué es lo que hacen por estos parajes? —inquirió Pete.

—He ahí algo que tendremos que averiguar, Segundo —repuso Jupiter.

—De momento —declaró Bob—, lo que a mí me gustaría es que no se dejasen ver de nuevo por aquí.

Los cuatro chicos esperaron unos minutos más, manteniéndose atentos a todos los ruidos. En el camino, más abajo, reinaba un silencio absoluto. Un cuarto de hora después, Jupiter, nervioso, suspiró.

—Creo que uno de nosotros tendría que salir a echar un vistazo —opinó.

—Saldré yo —se ofreció Diego—. Esa gente anda detrás

de Bob y Pete. Como yo vivo en esta zona, tal vez no desconfíen de mí.

El chico se movió rápidamente. Había pocas probabilidades de que alguien advirtiese su punto de procedencia. Plantándose en la carretera, giró a la izquierda, desapareciendo en dirección al puente. Los Tres Investigadores prosiguieron su espera en el tubo. Bob fue el primero en oír unos pasos. Alguien volvía. Se dispuso a salir de su escondite.

—¡Un momento! —susurró Pete—. ¡Quizá no sea Diego!

Alguien se detuvo en la boca del tubo entonces.

—Sin novedad, amigos.

¡Era Diego! Los Tres Investigadores, con Diego a la cabeza, se encaminaron al puente. Diego extendió un brazo, señalando las montañas. Vieron a lo lejos las figuras de los tres vaqueros, desvaneciéndose sobre la accidentada carretera del rancho de Norris.

—Se han dado por vencidos —concluyó Diego, con una sonrisa—. Y éste es precisamente el lugar que teníamos que inspeccionar, ¿no, Jupiter?

—¿Qué? ¿A qué te refieres? —preguntaron Bob y Pete, casi al mismo tiempo.

Jupiter les habló del diario del teniente, mostrándoles el duplicado de la página que había atraído su atención.

—¡Caramba! —exclamó Pete—. Así que don Sebastián logró huir... Y debía de llevar la espada de Cortés consigo.

—Lo más seguro —confirmó Jupiter. A continuación, el muchacho suspiró—. Lo malo es que las palabras del teniente, pensando en su localización, no van a sernos de gran utilidad.

—Pero él escribió... —comenzó a decir Diego, en tono de protesta.

—No pudo haber visto lo que dijo —le interrumpió Júpiter—. El sitio no concuerda, al menos. Fíjate en que él escribió que estaba abandonando la hacienda. Esto significa que se hallaba en nuestro lado del cauce, el lado oeste. Él miró al este, al otro lado del cauce, desde aquí, aproximadamente. El oficial afirma haber visto una elevación, pero ¡es que desde este punto no se divisa ninguna en el sitio indicado!

Sobre la orilla opuesta del cauce, ahora lleno de agua, hasta donde podía alcanzar la vista de los muchachos, la tierra era llana, viéndose igual incluso más allá de las construcciones del rancho de Norris.

—Ese hombre debió de cometer un error —declaró Jupiter, gravemente—, referente a su situación... Puede ser también que su memoria le fallara al redactar la nota de su diario.

Los chicos se miraron entre sí, confusos.

—Me parece que hemos llegado a un callejón sin salida, amigos —añadió Jupiter.

Profundamente desanimados, fueron en busca de sus bicicletas, para emprender el regreso a sus casas.

CAPITULO 14

# Los Alvaro andan cortos de tiempo

Aquella noche llovió mucho y durante el día siguiente cayó un verdadero aguacero. Los Investigadores no disponían de tiempo para hablar de la espada de Cortés, ni para intentar identificar las llaves encontradas en el granero incendiado. Tras las clases, estuvieron muy ocupados con sus tareas escolares, durante toda la tarde.

—De todos modos —dijo Pete, entristecido—, no contamos con nuevas pistas.

Diego visitó a Pico, enseñándole las llaves. Luego, procedió a dar a su hermano una descripción de los tres misteriosos vaqueros. Pico no acertó a identificar las llaves en cuestión. Tampoco tenía la menor idea sobre la personalidad de los tres forasteros, ni se le ocurrió nada que explicara su interés por el lugar que visitaran.

—Como no sea que el señor Norris se haya decidido a contratar los servicios de unos bravucones para echarnos del rancho... —apuntó, con amargura.

Aquella noche, después de haber cenado, los Tres Investigadores regresaron a la biblioteca y a la Sociedad Histórica. Volvieron a revisar viejos periódicos, diarios personales, memorias e informes del ejército de los Estados Unidos. Releyeron el relato sobre la muerte de don Sebastián, y el documento en que el sargento Brewster y sus dos asociados eran declarados desertores. Hicieron lo mismo con la desconcertante carta del ascendiente de los Álvaro, con su encabezamiento del "Castillo del Cóndor", y la anotación, aparentemente errónea, que figuraba en el diario del teniente americano. Los chicos no dieron con nada nuevo que tuviera visos de importancia.

Aquella noche siguió lloviendo, así como durante todo el miércoles. Circularon noticias referentes a inundaciones en otras partes de la región. Tras las clases, Bob y Pete tuvieron que hacer unas tareas escolares en casa. Diego tornó a visitar a Pico. Jupiter, aunque cansado, regresó nuevamente a la Sociedad Histórica para proseguir sus investigaciones.

Realizadas sus tareas, Bob y Pete se reunieron en el cuartel general del trío. Se quitaron sus impermeables, congregándose en torno a la estufa eléctrica de que estaba dotado el viejo remolque. Esperaron a que se presentaran allí Diego y Jupiter.

—¿Crees tú, Bob, que lograremos dar con esa espada? —preguntó Pete.

—No lo sé, Segundo —admitió Bob—. Toda esta historia sucedió hace muchos años. Se tienen noticias de numerosos hechos similares a aquel de que fue protagonista don Sebastián, en los que intervinieron habitantes de la zona y miembros del ejército americano, pero resulta difícil concretar qué acción es la que a nosotros nos interesa particularmente, por quedar implicado en ella el antepasado de los Álvaro y los tres desertores.

Diego emergió por la trampilla del piso, procedente del Túnel Dos. El muchacho parecía estar aún más abatido que en el curso de los dos días anteriores. Pete y Bob fijaron la vista en él, alarmados.

—¿Le ha pasado algo a Pico —preguntó Bob.

—¿Han surgido nuevos problemas? —coreó Pete.

—A Pico no le ha sucedido nada, pero su situación es más difícil. Estamos peor que antes.

El chico se quitó su impermeable, sentándose junto a los dos Investigadores, cerca de la estufa. Movió la cabeza, apesadumbrado.

—Paz ha cedido, al fin, la hipoteca al señor Norris —informó.

—¡Oh, no! —gimió Pete.

—Pero ese hombre había prometido esperar un poco más... —adujo Bob.

—Emiliano no tiene la culpa de nada —explicó Diego—. Necesita su dinero, y estando Pico en la cárcel tiene que transcurrir forzosamente mucho tiempo antes de que estemos en condiciones de pagar. Por otro lado, mi hermano necesita dinero para la fianza y para su defensa. Pico dijo a Emiliano que debía vender...

—Lo sentimos mucho, Diego —murmuró Bob.

—¡Caramba! —exclamó Pete—. Esto parece un caso sin solución. Sin nuevas pistas, jamás lograremos dar con esa espada, y ya apenas disponemos de tiempo para encontrarlas...

Los muchachos oyeron unos ruidos al otro lado del panel correspondiente a la Puerta Roja de Rover. Unos segundos después se presentaba ante ellos Júpiter, embutido en un mojado impermeable y resoplando.

—¡Skinny ha estado siguiéndome! —anunció el jefe del trío, casi sin aliento—. Pero conseguí eludir su vigilancia, deslizándome por la Puerta Roja de Rover sin que me viera.

—¿Por qué andaba detrás de ti? —inquirió Diego.

—No me detuve para preguntárselo —respondió Jupiter, bruscamente—. Me habría entretenido... Yo lo que quería era llegar aquí, en lugar de perder el tiempo charlando con Skinny. Amigos: he averiguado...

Sobre los montones de chatarra que ocultaban el viejo remolque debió de haber caído en aquel momento alguna pieza de gran tamaño y peso, a juzgar por el estruendo que todos percibieron. El golpe se repitió, sonando ahora más cerca de los chicos. Luego, oyeron otro más alejado. Afuera, bajo la lluvia, Skinny estaba gritando:

—¡Sé que estás escondido por aquí, gordo Jones! ¡Estoy seguro de que me oyes! Te las has querido dar de listo, ¿eh?

¡Otro fuerte golpe! Skinny no cesaba de lanzar pesados objetos contra los montones de chatarra. Sabía que los Investigadores estaban escondidos en el recinto, pero ignoraba el sitio con exactitud.

—¡Eso no te va a servir de nada, sin embargo! —aulló Skinny—. ¡Vuestros amigos mexicanos están ya en nuestras manos! ¡El sábado tomaremos posesión de su rancho! ¡Eh! ¿Qué te parece esto?

Los cuatro muchachos del remolque se miraron mutuamente. Sólo Jupiter parecía estar extrañado. Los otros no le habían informado del propósito de Emiliano Paz de ceder la hipoteca.

—¡El sábado, sí, señor! —siguió gritando Skinny—. De poco les va a servir tu ayuda ya... ¡Esta vez habéis sido vencidos! —Skinny soltó una desagradable risotada—. ¡Que tengáis unos bonitos sueños, inútiles!

Las risotadas de Skinny fueron perdiéndose progresivamente en la lejanía. Después ya sólo se oyó el tamborileo de la lluvia en el techo del remolque.

Jupiter estaba indignado.

—Skinny y su famosas bravatas... Quiere hacernos pensar...

—No, Jupiter —medió Diego—. En esta ocasión no se equivoca.

Entonces puso en conocimiento del Primer Investigador el paso que iba a dar Emiliano Paz.

—Nosotros hubiéramos tenido que efectuar el pago el sábado —manifestó Diego, frunciendo el ceño—. Emiliano nos habría permitido hacer una entrega a cuenta. El señor Norris nos exigirá, en cambio, el pago de toda la suma que adeudamos. De lo contrario, se quedará con el rancho.

—Por tanto —concluyó Jupiter—, el señor Norris parace haber ganado la partida.

—¡Jupe! —exclamó Bob.

—No irás a abandonar el caso, ¿eh? —dijo Pete.

—Yo... yo no te lo reprocharía —tartamudeó Diego.

Los ojos de Jupiter centellearon.

—Acabo de decir que el señor Norris *parece* haber ganado la partida... Esto podría significar que nadie intentará ya ponernos trabas. Hemos de aprovechar al máximo el tiempo de que disponemos... ¡que no es mucho!

—No disponemos de tiempo, ni tan siquiera de pistas —se quejó Pete.

—Todo lo contrario —corrigió Jupiter—. Tenemos muchas pistas. Sucede, simplemente, que no las hemos interpretado de un modo correcto. Y yo acabo precisamente de dar con otra prueba de que nuestras especulaciones son atinadas.

El jefe de los Tres Investigadores sacó un papel de uno de sus bolsillos.

—Bob dio en el blanco al sugerir que don Sebastián había podido pensar en ocultarse en las montañas, llevando consigo la espada de Cortés. Se propuso hacer esto... y lo hizo.

Jupiter entregó el papel a Diego.

—Está escrito en español, Diego, y no estoy seguro de haberlo interpretado bien del todo. Léelo, traduciéndolo al inglés.

Diego asintió.

—Esto proviene de un diario, supongo. Aquí figura la fecha del 15 de setiembre de 1846. "Esta noche se supo en nuestro pequeño grupo de patriotas que el águila había encontrado un nido. Hemos de establecer nuestro plan para cuidar de la más noble de nuestras aves. Hay animales rapaces por todas partes, por cuya razón la tarea no resultará fácil. ¡Quizá pueda hacerse algo en tal sentido, sin embargo, ahora!" —Diego levantó la vista—. ¿Tú crees que el águila era don Sebastián, Jupiter? ¿Estimas que, de acuerdo con estas palabras, los patriotas locales huyeron, disponiéndose a ayudarle eficazmente para que pudiera mantenerse escondido?

—Estoy seguro de que fue así —manifestó Jupiter—. Ese diario fue escrito por el alcalde español de entonces, un amigo personal de los Álvaro. Además, gracias a mis lecturas he podido enterarme de que don Sebastián fue conocido en sus años mozos por el apodo de "El Águila".

Bob habló ahora con la mirada fija en el papel.

—¿Y de qué puede servirnos este documento? Quizás acertara yo al suponer que don Sebastián se escondió, como hiciera en sus días Cluny Macpherson, pero aquí no se señala dónde. ¿No habrá en el diario de esa persona otras anotaciones más claras, Jupe? Podrían sernos de gran utilidad...

—La anotación, Bob, se encontraba en la última página del diario, y no tuvo continuación. El hombre murió unas semanas más tarde, luchando contra los invasores. Me imagino que después anduvo demasiado ocupado para redactar el diario.

—Bien, vamos a imaginarnos que don Sebastián se escondió en las montañas —dijo Pete—. ¿Qué fue luego de él? Es posible que sus amigos le ayudaran a salir de la zona, llevándose consigo la espada, ¡para no regresar jamás!

—Puede ser, Segundo —admitió Jupiter—. Pero no creo en esa hipótesis. Hubiéramos encontrado alguna referencia al hecho en los diarios y memorias consultados. Yo me inclino a pensar que a don Sebastián le sucedió algo en las montañas, algo que ignoro, ¡que también ignoraron sus contemporáneos! Creo que ahí está la clave de todo el misterio: ¿qué fue lo que le ocurrió al antepasado de los Álvaro?

—Si no lo supieron los de su época, ¡cómo vamos a averiguarlo nosotros? —objetó Pete.

—Nosotros lo averiguaremos, Segundo, porque sabemos dónde pretendía esconderse. Nos lo dijo él al encabezar su carta con el nombre de "Castillo del Cóndor" —declaró Jupiter—. Estoy convencido de que la solución del misterio se encuentra en las proximidades de la gran roca. Debe de haber por allí algo que hemos pasado por alto... Mañana, en cuanto hayan terminado las clases, vamos a intentar aclararlo todo...

CAPITULO 15

# El escondite

El jueves también llovió, pero no con la intensidad de los días precedentes. Los cuatro chicos invirtieron poco tiempo en recorrer el camino que les separaba de la hacienda. Se mantuvieron en todo momento vigilantes, por si hallaban algún rastro de los tres vaqueros.

La accidentada carretera que se adentraba en las montañas era un cenagal a causa de toda una semana de continuas lluvias. Por tanto, dejaron su bicicletas en un cobertizo provisional levantado con tablones medio quemados. Bob se había provisto de una bolsa con herramientas. En el cinturón se encajó la linterna que siempre llevaba en la bibicleta. Los chicos echaron a andar hacia el pequeño embalse y lo gran roca del Castillo del Cóndor.

—Si cae más agua, podremos regresar a nado —se lamentó Pete.

Se internaron en el chaparral después de dejar la carretera, procurando poner los pies en las partes rocosas para que sus botas no quedaran encenagadas por completo. Cuando se aproximaban a la elevación del Castillo del Cóndor, vieron que el arroyo llevaba demasiada agua para ser cruzado. Tuvieron que dar un rodeo para llegar hasta allí, trepando por el promontorio que separaba aquél del cauce del Santa Inés.

Muchos matorrales habían perdido su asiento en la tierra a consecuencia del agua. El avance se tornó penoso para los muchachos, sobre el barro.

Desde la roca del Castillo del Cóndor, los cuatro chicos contemplaron un panorama impresionante. El Santa Inés estaba desbordándose. En el embalse, el agua se derramaba por la parte central y las laterales, originando una gran cascada. Bajo la pared de contención, tras dibujar una gran masa espumeante, aquélla corría en forma de tumultuoso torrente para bañar las tierras vecinas y perderse en el distante océano.

Pero Jupiter no estaba pensando precisamente en aquel panorama... Mirando a su alrededor, dijo:

—¿Dónde podría esconderse por aquí un hombre con relativa seguridad, con mayores o menores comodidades, durante largo tiempo, contando con amigos que le ayudaran?

—En esta elevación, no, desde luego —contestó Pete—. Estuvimos en este paraje el otro día y no logramos dar con una mala grieta siquiera.

—¿No hay cuevas por aquí, Diego? —inquirió Bob.

—Que yo sepa, no. Tal vez, más al interior, en esas montañas.

Jupiter movió la cabeza, denegando.

—Estoy seguro de que el refugio que a nosotros nos interesa descubrir ha de quedar cerca.

—A lo mejor el embalse está hueco —sugirió Pete.

—Muy gracioso, Segundo —replicó Bob.

Jupiter aventuró:

—Pudiera haber un secreto, escondido cañón, donde tiempo atrás fuera levantada una tienda, o una choza...

—Por aquí no encontrarás nada de eso, Jupiter —manifestó Diego—. Yo he estado varias veces en todos estos sitios.

—Tiene que haber habido viviendas para los trabajadores en alguna parte —especuló Bob—. Don Sebastián debió de tener los suyos.

—Sí —convino Diego—. Las hubo. Cerca de la carretera, en un punto más accesible. De todos modos, desaparecieron.

—Oye, Diego —preguntó Pete—: ¿adónde va a parar la otra desviación de vuestro infernal camino? Me refiero a la que no llega hasta aquí, hasta el pantano.

—Se interna en las montañas, describiendo después una curva para cruzar las tierras de Paz.

Pete extendió un brazo, señalando la orilla lejana del arroyo.

—¿Lleva ese sendero a la desviación?

—¿Qué sendero?

Jupiter se esforzó por distinguir lo que Pete acababa de indicarles.

—Aquél de allí. Después de separarse de la carretera asciende por una de las elevaciones.

Todos vieron ahora el estrecho sendero, que después de dividir el chaparral se perdía entre unos pequeños robles, rodeando la ladera de un monte.

—¡La cabaña! —exclamó Diego—. ¡No me acordaba de ella! Hay por ahí una cabaña que en otro tiempo utilizaban los vaqueros. Se trata de una burda construcción, a base de tablas y latas. Hace mucho tiempo que no la visito.

—¿Existía en el mismo lugar en la época de don Sebastián? —preguntó Jupiter.

—¡Oh, sí! Bueno, Pico me dijo una vez que siempre había habido un refugio de un tipo u otro allí. Tiempo atrás, hubo también una casita de adobes.

—Casi escondida, no muy utilizada, y el sendero que conducía a ella podía ser visto desde el Castillo del Cóndor... —dijo Jupiter, mirando al otro lado del arroyo—. ¡Sí! ¡Ése podría ser el lugar que buscamos!

Emprendieron el descenso. Sus pies se hundieron en la blanda tierra en la parte más baja. Luego, cruzaron el promontorio que se destacaba sobre el arroyo.

Jupiter fijó la vista, inquieto, en el embalse, ahora desbordado.

—Supongo que ese muro no se vendrá abajo.

De complexión nada atlética, el chico sabía que no podía considerarse precisamente tampoco el mejor nadador del mundo.

—Siempre ha podido resistir el empuje de las aguas —informó Diego—. Claro que ya tiene muchos años...

Sobre el otro lado de la enfangada carretera, los chicos se deslizaron por el angosto sendero, entre pequeños robles y espesos matorrales. Habían nacido muchas matas en el camino, debido a ser poco frecuentado. Tras una zona cubierta de rocas, el sendero se adentraba en un pequeño cañón formado por dos grandes elevaciones. Todo se veía en sombras.

—¡Allí, amigos! —exclamó Diego.

Bajo un macizo rocoso distinguieron una destartalada cabaña, escondida detrás de unos árboles, entre gigantescos matorrales. El tejado era de planchas metálicas, y las paredes de tablones mal unidos, presentando grandes grietas. La puerta se vino abajo al ser abierta por Diego, produciendo al dar contra el suelo una nube de polvo. El pétreo saliente había mantenido seca la cabaña y también el terreno circundante.

Ya dentro, comprobaron que constaba de una sola habitación, siendo el suelo de tierra. Unos postes mantenían en sus sitios los irregulares tablones de las paredes. Las planchas metálicas del tejado descansaban en unas vigas. En la cabaña no había instalación eléctrica, ni ventanas, ni agua corriente. Carecía de muebles. Contaba, en cambio, con una vieja y herrumbrosa estufa, la cual, seguramente, llevaba muchos años sin prestar servicio.

—¡Vaya! Un sitio estupendo para permanecer escondido durante un par de años —comentó Pete—. ¡Yo no estaría aquí ni dos días!

—Es posible que pensaras de otro modo, Segundo, si te vieras perseguido por unos soldados y llevases contigo una espada de gran valor, codiciada por ellos —señaló Jupiter—. He de admitir, sin embargo, que esto ofrece pocos atractivos.

—¡Y tan pocos, Primero! —dijo Bob—. No hay armarios, ni repisa, ni ganchos siquiera, donde colgar algo... Aquí no hay donde esconder nada.

—¡Caramba! —exclamó Diego, repasando de nuevo las desnudas paredes y el techo—. Bob tiene razón.

—¿No habéis pensado en el suelo? —sugirió Pete—. Don Sebastián pudo haber enterrado la espada aquí, sin dejar ninguna señal.

Jupiter movió la cabeza, pensativo.

—No. De haber enterrado la espada aquí dentro, durante mucho tiempo se hubiera podido distinguir el punto en que la tierra había sido removida. No creo que se decidiera a correr este riesgo. Con todo...

El Primer Investigador había fijado la vista en la herrumbrosa estufa. De ella partía un tubo hacia el techo, descansando en una gruesa piedra de forma plana.

—¿Vosotros creéis que seremos capaces de desplazar fácilmente este armatoste? —inquirió Jupiter.

—Vamos a probar —se ofreció Pete.

El Segundo Investigador se apoyó en la estufa, empujándola a un lado, con fuerza. La estufa era pesada, pero se movió. No estaba aferrada con nada a la losa aplanada en que descansaba.

El tubo que iba hacia el techo constaba de varias secciones empalmadas.

—Haz saltar la de más abajo, la más corta —ordenó Jupiter.

Pete procedió a tantearla.

—¡Caramba! Está muy oxidada —manifestó.

—En 1846 sería nueva y tendría un aspecto brillante, quizá —consideró Jupiter—. Hazla pedazos si es necesario.

De la bolsa de Bob salieron algunas herramientas, con las que Pete logró romper la sección situada justamente por encima de la estufa. Después, los cuatro chicos unieron sus fuerzas para colocar ésta a un lado. Pete se arrodilló, intentando ahora mover la enorme losa.

—¡Uf! —gruñó—. Pesa demasiado.

Diego señaló algo arrimado a una pared.

—Ese poste podría resultarnos útil —declaró.

Todos comprendieron su idea. Jupiter y Diego cogieron aquél mientras Bob y Pete hacían rodar la estufa hasta situarla, tendida de lado, ante la losa. Pete escarbó la tierra debajo de ésta, por uno de sus bordes, hasta lograr una abertura en la que podía ensamblarse el extremo del poste. Una vez apoyada la parte central del mismo en la estufa, los chicos se colgaron materialmente del extremo elevado.

Tras algunos tanteos, la losa quedó desplazada a un lado, revelando debajo de ella la existencia de un gran orificio... Diego se inclinó para examinarlo.

—¡Ahí abajo veo algo! —exclamó, antes incluso de que Bob hubiese orientado hacia él el foco de su linterna.

Introdujo el brazo en el orificio, sacando del mismo unas tiras de cuerda muy rozadas, una hoja de amarillento papel, y una larga y enrollada pieza de lienzo embreado. Diego examinó el papel.

—Está escrito en español... —murmuró el chico—. ¡Amigos! Se trata de una comunicación del ejército de los Estados Unidos, fechada el 9 de setiembre de 1846. Contiene una serie de instrucciones destinadas a la población civil.

—Ese lienzo tiene exactamente el tamaño necesario para envolver una espada —observó Jupiter.

Empezó a extenderlo con temblorosas manos.

—¡No contiene nada! —gimió Pete unos segundos después.

—¿Hay algo más ahí dentro, Diego? —preguntó Jupiter.

Bob paseó por allí el foco de la linterna, mientras Diego miraba dentro de la abertura, explorándola con la mano.

—No —repuso Diego—, no hay nada más... ¡Espera! ¡He tocado algo! Es... Bueno, me parece que es una piedra...

Diego, disgustado, abrió la mano, mostrando una peque-

ña piedra con mucho polvo. Procedió a frotarla contra su camisa. Entonces, pudieron ver que tenía un fuerte brillo verdoso...

—¿Será...? —empezó a decir Bob.

—¡Una esmeralda! —exclamó Jupiter—. La espada de Cortés debió de estar en ese orificio. Éste es el lugar, seguramente, en que don Sebastián la escondió por primera vez. Al huir del sargento Brewster, se hizo con la espada, ocultándola en otro lado. Alguien debió de sospechar que el arma se encontraba aquí... También es posible que estimara que este escondite no le ofrecía muchas garantías.

—Y no andaba equivocado —consideró Bob—. A nosotros no nos ha costado mucho localizarlo.

—Éste no puede ser el sitio que buscamos —declaró Diego.

—No, no lo es —convino Jupiter—. Pero la esmeralda demuestra que vamos aproximándonos al otro. Ahora sabemos que don Sebastián estuvo aquí con la espada, que ésta no le fue arrebatada. La historia del sargento Brewster contiene una mentira más. La espada estuvo aquí hasta que don Sebastián vino por la preciada arma aquella noche, escondiéndola en otro lado. Ocultó la espada y se escondió él mismo, obrando con la máxima rapidez.

—¡Jupe! —exclamó de pronto Pete—. ¿Qué significa ese ruido?

Prestaron atención. Desde fuera llegaba a sus oídos un fuerte y acompasado rumor. Era en ciertos momentos como un rugido...

—¡Llueve con más fuerza que nunca! —informó Bob—. Éste es el único lugar protegido, gracias al saliente rocoso. ¡Caramba! ¡Es un auténtico diluvio!

—Me estaba refiriendo a otra cosa —señaló Pete—. ¡Escuchad!

Jupiter denegó con un movimiento de cabeza, y Bob se encogió de hombros. Pero Diego oyó aquello...

—¡Son voces! —susurró Diego—. Alguien anda por ahí fuera.

Los muchachos abandonaron la cabaña, agachándose detrás de unos espeso matorrales. En aquellos instantes, los tres vaqueros cruzaban el cañón bajo el fuerte aguacero. Percibieron algunas de las palabras que pronunciaron.

—...los vi avanzar por aquí, Cap. Eran cuatro.

—...seguir el sendero hasta el fin.

Los tres hombres pasaron por las inmediaciones de la cabaña sin descubrirla. Poco después, sus figuras se desvanecían en la ladera de una elevación. Jupiter se puso en pie.

—Los vaqueros tardarán en regresar —dijo el Primer Investigador—. Mientras tanto, nosotros nos trasladaremos al Castillo del Cóndor, antes de que puedan localizarnos. En marcha.

Pero esta vez Jupiter se había equivocado. Los chicos estaban atravesando todavía el cañón cuando oyeron unas voces a sus espaldas.

—¡Eh! ¡Vosotros!

Nadie tuvo necesidad de dar la orden para que los Tres Investigadores y Diego echasen a correr...

CAPITULO 16

# ¡Un alud de cieno!

Los chicos abandonaron por fin el sendero, internándose en la enfangada carretera. A los pocos minutos se detenían, mirando a un lado y a otro. ¡No sabían a dónde dirigirse!

—Si continuamos avanzando en este sentido —opinó Pete—, eso vaqueros nos alcanzarán antes de que lleguemos a un punto donde podamos esperar alguna protección.

—Y si intentamos ascender por esa elevación —remató Bob—, nos descubrirán.

—Por otro lado —añadió Diego—, no nos será posible cruzar el embalse. Todo ha quedado bajo las aguas. ¡Éstas nos arrastrarían!

Paralizados por la indecisión, los chicos seguían en el camino, aguantando a pie firme la torrencial lluvia.

A sus espaldas, los tres vaqueros seguían abriéndose paso entre los matorrales, profiriendo continuas maldiciones al tropezar entre ellos. Oyeron las voces violentas del moreno Cap, apremiando a sus compañeros.

—¡Deprisa! —gritó Pete—. Probemos suerte en la carretera.

—¡No! —ordenó Jupiter—. ¡Bajemos al arroyo! Nos encaminaremos al final de éste, cerca del embalse. Ellos deben de estar completamente convencidos de que no procederemos así...

No queriendo perder más tiempo, los cuatro muchachos pasaron a la acción. Mantuviéronse a un lado de la hondonada, llena de agua en su mayor parte. Al amparo de las empinadas orillas y los espesos matorrales, iniciaron su avance hacia el embalse.

Arriba, en la carretera, chapoteaban unas pesadas botas en el barro. Con sus corazones latiendo apresuradamente, los muchachos se tendieron en la abrupta orilla del arroyo, silenciosos e inmóviles, fundidos con el espeso chaparral. Tres roncas voces discutían por encima directamente de sus cabezas...

—¿Adónde diablos habrán ido a parar?

—¡Esos escurridizos granujas!

—¿Tú crees que se hicieron realmente con las llaves?

—¡Naturalmente que sí! Echazon a correr al vernos, ¿no?, y en el granero no pudimos localizarlas.

—¡Cap! ¿No podría ser que estén dirigiéndose al embalse?

—No quieras hacerte pasar por más tonto de lo que eres, Tulsa. ¡Hasta los chiquillos saben que es mejor no intentar cruzar el pantano ahora!

—No se han dirigido a la elevación, de manera que tienen que haber seguido por la carretera. ¡Adelante!

El rumor del chapoteo se fue desvaneciendo en dirección a la distante hacienda y la vía principal de comunicación.

Los chicos esperaron unos momentos más sobre la orilla del arroyo.

—Se han ido —comentó Bob, finalmente, satisfecho.

—Nosotros también debiéramos irnos —manifestó Diego—. No podemos seguir escondidos en este lugar.

—¿Irnos? ¿Adónde? —preguntó Pete—. Esos tipos bloquean la carretera y no podemos cruzar el embalse. Antes o después, los tres vaqueros volverán.

—Es posible —declaró Jupiter— que más cerca del embalse haya un sitio donde podamos escondernos hasta que tengamos la seguridad de que se han ido definitivamente. Y si esto no sale bien, atravesaremos ese pequeño promontorio y lo utilizaremos como cobertura para llegar al lado opuesto de la elevación. Seguidamente, podemos ocultarnos detrás del Castillo del Cóndor. Corremos muchos riesgos en este arroyo. Nada más asomarse por el borde de esta orilla, esos individuos nos descubrirían.

Valiéndose de la misma táctica, los cuatro muchachos siguieron avanzando por el arroyo. Pronto percibieron el rumor del agua al precipitarse sobre el muro de contención, al otro lado del bajo promontorio que separaba el arroyo del cauce del Santa Inés.

—Hay que buscar un espacio detrás de una roca, una cueva en una orilla, o un saliente rocoso —recomendó Jupiter.

Todos se apresuraron a llevar a cabo una detenida labor de exploración.

—¡Caramba, Jupe! En este arroyo sólo parece haber un sitio seguro donde ocultarse: ¡debajo del agua! —exclamó Pete—. ¡Es que ni siquiera he visto una madriguera de ardilla!

—Es posible que al otro lado de la carretera haya algunas rocas, tras las cuales podríamos escondernos —dijo Diego, empinándose un poco para mirar afuera de la hondonada—. ¡Eh! —El chico tornó a encogerse—. ¡Los he visto! ¡En la carretera! ¡Esos hombres vuelven!

Hablaron en roncos susurros.

—¿Nos habrán visto? —inquirió Bob.

—No creo —opinó Diego.

—¿En qué punto estaban de la carretera? —quiso saber Júpiter.

—Precisamente donde el sendero se une a ella —comunicó Diego—. Allí por donde nos adentramos en el arroyo.

—Pudiera ser que volviesen a la cabaña —dijo Pete, esperanzado.

—Nada de eso —respondió Jupiter, preocupado—. Querrán inspeccionar el embalse. Seguiremos aquí. Esperemos que no se decidan a echar un vistazo al arroyo.

Se esforzaron por no perderse uno solo de los sonidos producidos por los tres vaqueros en sus desplazamientos, cosa harto difícil, a causa del estruendo del agua al precipitarse por la pared del embalse en forma de cascada. Finalmente, oyeron:

—...si no los vemos junto al embalse, repasaremos la hondonada, matorral por matorral...

—¡Oh! —exclamó Jupiter—. No tenemos más remedio que salir de aquí. Oídme... Tan pronto esos tres hombres se hayan perdido de vista, detrás del promontorio, treparemos por él con la mayor rapidez posible, descendiendo por el lado opuesto. Después, podremos ganar la elevación que queda por encima del cauce y ocultarnos detrás de la roca del Castillo del Cóndor.

—¡Jupe! —objetó Pete—. ¡Habrá un momento en lo alto del promontorio en que quedaremos al descubierto!

—Lo sé, pero eso durará tan sólo unos segundos. Si tenemos suerte, esos individuos no mirarán hacia atrás antes de que hayan llegado al embalse. En ese momento estaremos a salvo, tras las rocas de la elevación.

Pete hizo un gesto de duda ante la explicación de Jupiter. Ahora bien, no había tiempo para reflexionar, para pensar en algo mejor. Sobre la carretera, los tres vaqueros rebasaban ya el punto en que se encontraban los muchachos. Seguían hablando en tono de discusión. Cautelosamente, Jupiter asomó la cabeza por encima del borde superior del arroyo. Cuando los tres individuos se hubieron perdido de vista, Jupe dijo:

—¡Ya!

Los chicos salieron del arroyo arrastrándose, remontando a continuación el pequeño promontorio. Se hundían en la empapada tierra y arrancaban matas de sus raíces en su avance. Experimentaban la impresión de ser contemplados en aquellos instantes por muchos ojos. Pero no oyeron ninguna voz alarmante cuando se derrumbaron sobre la cresta de la elevación, deslizándose por el lado opuesto hasta el borde del cauce del Santa Inés, con un enorme caudal...

—¡Lo conseguimos! —exclamó Pete, muy contento.

—¡Dirijámonos ahora a la elevación! —apremió Jupiter—. ¡Corred todo lo encogidos que podáis!

Avanzaron resbalando continuamente. Por dos veces, Jupiter y Bob cayeron de bruces al suelo, y en una ocasión Diego estuvo a punto de ir a parar a las rugientes aguas. Cubierto de barro por completo, reanudó la marcha, ya repuesto del susto. Pete, más seguro que sus camaradas, les ayudaba ahora. Por fin, los muchachos llegaron a la empinada y rocosa ladera de la montaña.

Buscaron inmediatamente el pétreo saliente del Castillo del Cóndor. Una lluvia de piedras desprendidas marcaba sus pasos.

Dominando el rugido de la corriente, oyeron a sus espaldas unas voces.

—¡Por allí, Cap!

—¡En la montaña!

—¡Son ellos! ¡Vamos! Todavía podemos alcanzarlos!

Los chicos se quedaron paralizados, volviendo la cabeza. Los tres vaqueros, en actitud amenazadora, habían dejado la carretera, plantándose en las inmediaciones del embalse.

—¡Nos han visto! —exclamó Diego, con voz quejumbrosa.

—¡Demasiado pronto! —se lamentó Pete.

Los vaqueros empezaron a correr por el cenagoso promontorio, desde una de las esquinas del pantano, en dirección a ellos.

—¿Qué hacemos, Jupe? —preguntó Bob—. ¡Nos van a acorralar aquí.

—Yo... yo... —tartamudeó Jupiter.

Flotó en el aire un extraño ruido, más fuerte que el de la lluvia, más fuerte que el rumor atemorizador de la corriente. Iba haciéndose progresivamente más intenso. Provenía de algún punto que quedaba por arriba del pantano, del cauce casi desbordado superior. A medio camino entre el embalse y la gran elevación, los vaqueros hicieron un alto, concentrando su atención en lo que sucedía a su alrededor.

—¡Mirad! —aulló Pete.

Una enorme masa de agua se elevó hasta una altura de

metro y medio, aproximadamente, por encima del embalse.

Portadora de una masa de matorrales, leños y árboles enteros que habían sido arrancados por sus raíces, la tremenda ola saltó por encima del muro de contención del embalse, cayendo en forma de hirviente torrente en el cauce inferior. La tierra pareció estremecerse bajo los pies de los muchachos. En la orilla opuesta del cauce, otra deslizante masa, ésta de barro, aportaba malezas y árboles a las aguas.

—¡Se han puesto en marcha de nuevo! —avisó Diego.

Todos se dispusieron a emprender la huida. Pero los chicos se detuvieron al ver que el largo promontorio parecía partirse en dos. Una enorme sección de cenagosa tierra fue a parar al agitado caudal, ¡arrastrando a los tres vaqueros! Éstos agitaban los brazos desesperadamente, gritando, nadando o aferrándose a lo que encontraban a su alcance. ¡El rugiente torrente se llevaba a los tres hombres!

—¡Se han alejado! —señaló Bob, profundamente satisfecho.

—No tardaremos en volver a verlos —declaró Jupiter—. Acabarán por plantarse en tierra firme más abajo, situándose entre nosotros y la carretera principal. ¡Movámonos!

Pete iba delante del grupo en el ascenso hasta la gran roca del Castillo del Cóndor. Llegados a la cumbre, se deslizaron hasta la otra ladera. Las fuertes lluvias habían arrastrado mucha tierra y piedras, poniendo al descubierto otros peñascos y salientes rocosos por debajo del Castillo del Cóndor.

—¡Caramba, qué resbaladizo está esto! —exclamó Pete, mientras bajaba.

El atlético Investigador saltó sobre una gran fila de rocas. Los otros se encaramaron a éstas, detrás de él.... Inmediatamente, se detuvieron, mirando a un lado y a otro, presas del mayor asombro.

¡Pete había desaparecido

CAPITULO 17

# El nido del águila

A Pete, efectivamente, parecía habérselo tragado la tierra.

—¿Cómo... cómo puede ser esto? —tartamudeó Diego—. ¿Dónde se ha metido?

—¡Pete! —llamó Bob.

—¡Segundo! ¿Dónde estás? —chilló Jupiter, asustado.

Inspeccionaron visualmente la ladera, sin descubrir en ella ningún movimiento. Finalmente, aguzando el oído, percibieron algo. ¡Era una voz que no acertaban a saber de dónde salía!

—¡Aquí abajo, amigos!

Era Pete quien había pronunciado estas palabras. ¡Y su voz daba la impresión de salir de las entrañas de la tierra!

—¿Dónde estás, Pete? —inquirió Diego.

—¡Aquí abajo! ¡Mirad enfrente de esos grandes peñascos!

Los tres muchachos obedecieron, descubriendo entonces un largo y estrecho orificio en la pendiente. Había que estar casi sobre él para que fuese visible. Aquella zona había sido repasada por ellos antes...

—¡Un alud de cieno debe de haber puesto esta abertura al descubierto! —aventuró Bob.

Jupiter se inclinó sobre aquélla.

—¿Necesitas que te echemos una mano para salir de aquí?

—¡Yo no quiero salir! —replicó el Segundo Investigador—. He venido a parar a una especie de cueva, Jupe. En este lugar hay muchos pedruscos sueltos. Si bloqueamos la entrada, esos vaqueros no podrán dar con nosotros jamás. ¡Bajad!

Los tres chicos se miraron entre sí...

—Bueno...

Jupiter vacilaba.

—¡Vamos, amigos! ¿Qué estáis haciendo? —apremió Pete—. Este lugar es espacioso y está seco... Por otro lado, los vaqueros pueden aparecer cuando menos nos lo figuremos.

Esto era lo que necesitaban para decidirse. Bob fue el primero en deslizarse por la abertura. Jupiter le siguió, emitiendo gruñidos a causa del esfuerzo que se vio obligado a realizar. Su grueso cuerpo se quedó encajado en el orificio, sin bajar ni subir.

—No... no puedo moverme —explicó con la cara encendida como la grana.

—Desde el interior de la cueva, Bob gritó:

—¡Tú, Diego, empújalo! ¡Nosotros tiraremos por aquí de él!

Diego apoyó ambas manos en los redondeados hombros de Jupiter, dejándose caer con todo su peso. Los de dentro se aferraron a las piernas del Primer Investigador, tirando de ellas. Hubo un sordo sonido, algo que les hizo pensar en el producido por el tapón de corcho de una botella al saltar... Jupiter se deslizó hacia abajo, perdiéndose de vista. Diego le siguió.

Bob paseaba ya el haz luminoso de su linterna por el agujero.

—¡Caramba! —exclamó Diego, mirando a su alrededor—. Ahora me entero de que había una cueva por aquí.

La luz de la linterna les permitió ver un espacio de rocosas paredes, donde hubiera cabido un coche de dimensiones normales. El techo quedaba bajo, y había numerosas piedras esparcidas por el suelo. La cueva aún se veía seca, pese al agua que estaba cayendo. Evidentemente, hacía poco tiempo que había quedado comunicada con el exterior.

—Pasea la luz a nuestro alrededor, Tercero —ordenó Júpiter.

El límite de la cavidad estaba marcado por un montón de piedras sueltas, que llegaban hasta el techo. Jupiter estudió la entrada, haciendo lentamente un gesto da asentimiento.

—Todo parece indicar que en el pasado quedó esta cueva cegada, probablemente a consecuencia de un corrimiento. Las piedras, entonces...

—Da lo mismo que en otro tiempo quedara tapada o no —manifestó Pete, nervioso—. Un alud de barro la ha abierto, y esos vaqueros podrían localizarla igual que la localizamos nosotros. Procedamos a bloquear la entrada.

—Aquí hay piedras de sobra para eso —señaló Diego.

Los cuatro se pusieron a trabajar, escogiendo las piedras más grandes. Finalmente, perdieron de vista la grisácea claridad del exterior, la de las últimas horas de la tarde. Ya no entraba agua en la cueva. Los cuatro chicos se miraron mutuamente, sonrientes.

—Pasaremos aquí las próximas horas —decidió Jupiter—. Nuestros perseguidores terminarán por darse por vencidos, abandonando estos parajes.

—¿Quiénes serán esos hombres? No ceso de hacerme esta pregunta —confesó Bob.

—Deben de estar relacionados de algún modo con el señor Norris —declaró Diego, muy serio—. De no ser así, ¿por qué habían de robar el sombrero de Pico, colocándolo después en las proximidades de la hoguera?

—Si es que ellos procedieron de ese modo —objetó Jupiter—. Nosotros sólo sabemos que andaban buscando con mucho interés las llaves que Bob y Pete encontraron en el granero.

—Si tenían tanto interés en hacerse con ellas será porque constituyen la prueba de alguna mala acción —indicó Pete.

—En efecto —convino Jupiter—. Puede ser que...

—¡Ju... Ju... Jupe!

Era Bob quien había hablado. Había detenido el foco luminoso de su linterna en el montón de piedras existente al fondo de la cueva.

—En esa... esa... roca —señaló Bob—. Hay... hay...

—¡Como unos ojos! —exclamó Diego, tragando saliva—. ¡Ojos y... dientes!

—¡Una calavera! —gimió Pete.

Jupiter miró hacia allí. Parpadeó, nervioso. Luego, avanzó, decidido.

—¡Es una calavera! —informó—. ¡Excavad deprisa!

Pete dijo, intimidado:

—¡Hay más huesos! ¡Este hombre debió de haber sido enterrado aquí por el terremoto!

—Veo algunos restos de ropa bajo las piedras —anunció Bob.

—¡Un botón! —dijo Diego, mostrando a sus amigos una pieza redonda de latón ennegrecido—. ¡Es un botón del ejército de los Estados Unidos!

—Este hombre no fue enterrado vivo aquí —notificó Júpiter—. Hay un orificio en la calavera. Alguien disparó sobre él.

El Primer Investigador, muy excitado, miró a sus compañeros.

—¡Creo que hemos encontrado el nido del águila! Me refiero al sitio en que don Sebastián proyectó esconderse, con la espada de Cortés. Una cueva situada debajo del Castillo Cóndor se acomoda a todas las pistas. Y José debía de conocer su existencia.

—Tú te figuras que este soldado fue uno de los tres que persiguieron a mi tatarabuelo, ¿no? —concretó Diego.

—Efectivamente —corroboró Jupiter—. Y me imagino que ha de contener más restos esta cueva.

—Las piedras se notan sueltas —dijo Pete, tanteándolas—. Es posible que bloquearan parte de la cueva al mismo tiempo que quedaba cegada la entrada.

Jupiter asintió.

—Bien, ¡manos a la obra! —exclamó Pete.

Los chicos fueron arrojando a un lado las piedras. Fue aquél un lento y pesado trabajo. El tosco muro quedó desmontado poco a poco. Y así hasta que...

—¡Estoy viendo un hueco! —gritó Bob, iluminando aquel punto con la linterna—. ¡Sí! ¡Ahí hay un pasillo!

Tras quitar algunas piedras más, descubrieron un angosto pasadizo, por el que Jupiter también podría deslizarse. Bob fue el primero. Unos momentos más tarde, el muchacho se encontraba en una cueva tres veces mayor que la que podía considerarse una pequeña antecámara.

Luego, pasó Diego, que se mantuvo dentro de ella de pie. Las paredes presentaban algún que otro saliente peñascoso. El piso era de roca.

—Seguramente, nos encontramos debajo precisamente del Castillo del Cóndor —aventuró Bob.

—¡Un escondite ideal! —consideró Pete—. Nada más fácil que bloquear la entrada y el pasadizo.

—Disponiendo de alguien afuera en condiciones de proporcionar el agua y los alimentos necesarios —añadió Diego—, un hombre podría permanecer aquí durante largo tiempo.

—De entrar sin ser visto y teniendo tiempo para bloquear la entrada —puntualizó Jupiter—. No creo que tal fuera el caso de don Sebastián.

Extendió un brazo, señalando en silencio la parte izquierda del pasadizo. Bob movió la linterna. ¡Allí había un segundo esqueleto! Estaba tendido boca arriba, detrás de un saliente rocoso. Había en torno a él unos ennegrecidos botones de latón, y a su lado un herrumbroso rifle.

—Seguramente, este hombre intentó utilizar la roca como parapeto —declaró Pete—. Me imagino que es el segundo de los soldados.

—¡Y ése el tercero! —proclamó Jupiter.

La luz de Bob reveló la presencia del tercer esqueleto,

tendido boca abajo, en el centro de la cueva. También vieron a su alrededor unos cuantos botones metálicos, así como restos de unas botas de cuero y de un cinturón, del que colgaba la funda de una pistola. A unos centímetros de la mano derecha de' esqueleto había un arma de fuego que debía de datar de la época de la guerra contra México.

—Éste sería, probablemente, el sargento Brewster —dijo Jupiter, gravemente—. Una pistola, buenas botas... —Movió la cabeza, impresionado—. Nada de extraño tiene que no volviera a saberse nada de los tres soldados.

—No fueron a parar muy lejos, ¿eh? —comentó Pete.

—Estos codiciosos personajes pretendían ganar una fortuna sin muchos esfuerzos —agregó Bob.

—Y a todo esto, ¿adónde fue a parar mi tatarabuelo? —preguntó Diego.

Bob paseó el haz luminoso por toda la cueva. Los chicos no vieron nada más. En las irregulares paredes no se distinguía ningún posible escondrijo.

—Alguien dio muerte a estos tres hombres —concretó Pete—. De no haber sido don Sebastián, ¿quién fue su atacante? ¿O fue en realidad él?

—Cabe tal posibilidad, Segundo —replicó Jupiter, reflexivo—. Pero si logró abatir a los tres soldados, ¿por qué no optó por enterrarlos, escondiéndose después aquí?

—Tal vez no fuera don Sebastián quien los matara —consideró Pete—. Pienso que eran tres contra uno, y que se trataba de unos soldados experimentados. Quizá hubo otros y don Sebastián no quiso...

—¡Fue don Sebastián! —afirmó Bob—. ¡Mirad hacia allí, al fondo! Hay otro pasadizo, que contiene algo...

Poco después, los muchachos comprobaban que no era

un pasadizo el hueco observado. Tratábase de una cavidad que albergaba el cuarto esqueleto. Se encontraba apoyado en una piedra. Los restos de ropas no eran como los que había visto antes. Cerca del esqueleto había unos *conchos* de plata, de diseño indio, y dos herrumbrosos rifles. Diego cogió uno de los *conchos.*

—Tienen el sello de los de nuestra región —manifestó, entristecido—. Creo saber ya por qué mi tatarabuelo no volvió a ser visto. Se pasó los años enterrado en esta cueva.

Jupiter asintió.

—No nos equivocamos en nuestras suposiciones. Don Sebastián se proponía esconderse aquí. Por este motivo, escribió el nombre de Castillo del Cóndor en el encabezamiento de la carta dirigida a José, para hacer saber a éste dónde estaría. Consiguió burlar la persecución de Brewster y sus secuaces, cogió la espada en la cabaña y subió hasta esta cueva. Pero los soldados le siguieron y él logró abatirlos. Don Sebastián conocía la disposición general de la cueva. Era una ventaja... Escondido en esta cavidad, pudo hacer fuego sobre sus perseguidores al deslizarse éstos por la estrecha entrada. Acabó con los tres, pero ellos también lograron eliminarlo. Más tarde, un terremoto cegó la abertura de acceso, y nadie supo nunca qué les había pasado a los cuatro hombres.

—Bueno, Jupe —objetó Bob—, ¿y por qué los amigos de don Sebastián no se presentaron aquí, en su busca? Ellos sabían que el águila había encontrado un nido...

Jupiter se encogió de hombros.

—Eso no lo sabremos nunca. Quizá no sabían con exactitud dónde paraba, decidiendo aguardar nuevas indicaciones por su parte. También puede ser que el terremoto cegara la cueva antes de que ellos pudieran presentarse aquí. Cabe pensar igualmente en la posibilidad de que sus amigos murieran o se diseminaran durante la lucha que hubo más tarde. Por la época en que José regresó, tras la guerra, no encontró a nadie que pudiera explicarle que el informe del sargento Brewster sobre la muerte de don Sebastián estaba lleno de falsedades. José pudo no haber creído que la espada fuese a caer al mar, con su padre... Sin embargo, supondría, todo lo más, simplemente, que había sido robada.

—¡Jupe! —exclamó Pete—. ¡La espada de Cortés! ¡Debiera estar aquí, con los restos de don Sebastián!

Rápidamente, los chicos inspeccionaron la cavidad. Finalmente, se miraron, desalentados.

¡Allí no había ninguna espada!

CAPITULO 18

# El mensaje secreto

—Es posible —declaró Bob— que don Sebastián escondiese la espada en la cueva.

—Sí, por si le ocurría algo —añadió Diego—. Estaría enterado, sin duda, de que aquellos soldados le perseguían de cerca. La espada de Cortés era un símbolo dentro de nuestra familia, y un objeto de gran valor. Él procuraría por todos los medios conservarla para que luego pudiese pasar a poder de José.

—¡Busquémosla! —propuso Pete.

Por el hecho de disponer de una sola linterna para todos, aquella tarea fue lenta. Lenta e inútil, según quedó demostrado después. La cueva era grande, pero no había ningún rincón apropiado donde esconder una cosa como aquélla. Lo único que consiguieron los muchachos fue descubrir una nueva cavidad y varias grietas en las rocas. En eso quedó todo. Aquel sólido piso de piedra carecía de escondrijos.

—Estando Brewster y sus asociados pisándole los talones, camino de la cueva, quizá, no creo que don Sebastián dispusiera de tiempo para ocultar la espada, incluso en el caso de contar con un buen escondite —manifestó Jupiter, caviloso—. Me inclinó a pensar, amigos, que hallándose en esta cueva no llevaba la espada consigo.

—Pues entonces, ¿adónde fue a parar? —inquirió Pete—. Seguimos, casi, como al principio. Parece ser que no hemos avanzado nada.

Bob convino:

—Hemos visto confirmadas nuestras suposiciones, pero no contamos con indicaciones precisas sobre el paradero de la espada.

—Yo... yo estaba convencido de que estábamos muy cerca de la solución del problema —manifestó Jupiter, hablando lentamente—. ¡Hemos debido de pasar algo por alto! Pensemos en lo que...

Diego frunció el ceño.

—Puesto que don Sebastián escribió las palabras "Castillo del Cóndor" al principio de su carta —dijo aquél—, hemos de imaginar que él sabía que José vendría aquí, en su busca, algún día, ¿no?

—Efectivamente. Supongo que él esperaba encontrarse escondido en esta cueva cuando José volviera.

—Pero lo cierto es que don Sebastián fue abatido por unos disparos. Si no murió inmediatamente, si pensó que no tardaría en morir, se preguntaría, angustiado, cómo se las arreglaría José para dar con la espada. En consecuencia...

—...optaría por dejar algún mensaje destinado a José. ¡Naturalmente! —exclamó Jupiter—. Debió de intentarlo, al menos. Sin embargo, un mensaje, al cabo de tanto tiempo, ¿resultaría legible todavía?

—Todo depende de la naturaleza del mensaje —señaló Pete—, de los medios de que se valió para escribirlo... Ahora, yo no vi nada de eso durante nuestra búsqueda.

—Cierto —admitió Diego—. Pero es que nosotros no andábamos detrás de algo parecido.

—¿Cómo pudo ser ese mensaje? —preguntó Bob—. No creo que contara con tinta y papel. Pensemos que el hombre huía de sus enemigos.

—Quizás utilizara lo que tenía más a mano, de momento, amigos —propuso Diego—: ¡sangre!

—Aplicada... ¿a qué? —contestó Pete, dudoso—. Si escribió el mensaje sobre su camisa, se perdió. Sus prendas de vestir se pudrieron hace años.

—¿Pensaría en las paredes de la cueva? —sugirió Bob, echando un vistazo a su alrededor.

—Estaba malherido; era un moribundo —murmuró Jupiter—. No podría moverse, casi. Examinad las paredes de ese hueco.

Todos se agacharon, fijándose en aquéllas. El esqueleto de don Sebastián parecía estar observándoles desde el lugar en que yacía, apoyado en una piedra.

—No veo nada —dijo Pete, por fin, y procurando poner la máxima distancia entre el esqueleto y él.

—¿Podría una inscripción hecha con sangre conservarse durante tantos años, Primero? —quiso saber Bob.

—No estoy seguro —confesó Jupiter—. Quizá no.

—¿Qué es esto? —preguntó Diego.

Cerca del esqueleto, detrás de una piedra de pequeño tamaño, había un objeto diminuto que los chicos veían por primera vez. Era una jarrita de loza, con la parte superior rota: un producto de la cerámica india, seguramente.

—Se ve algo en el fondo —observó Diego—, algo negro y duro.

Jupiter examinó aquello.

—Esto es indio, desde luego. Esa sustancia negra parece ser pintura reseca.

—¿Pintura negra? —inquirió Bob.

Todos examinaron atentamente la jarrita.

—Puede ser que el hombre escribiese algo utilizando pintura negra —concluyó Pete—. Pero con los años, lo escrito se habrá desvanecido, habrá quedado cubierto por el polvo, ¡será casi invisible!

—Vamos a dedicarnos todos a limpiar de polvo estos muros —dijo Jupiter, sacando su pañuelo—. ¡Con mucho cuidado, sin embargo! Es preciso evitar que se quiebren las capas de pintura, si es que existen.

Se aplicaron a aquella tarea. Fue Pete quien dio con unas débiles marcas.

—¡Bob! ¡Orienta tu linterna hacia aquí!

Cuatro palabras se destacaban débilmente en el pétreo muro, a la izquierda del esqueleto: unas palabras españolas. Diego las tradujo al inglés:

—"Cenizas"... "Polvo"... "Lluvia"... "Océano"...

Los muchachos no podían apartar la vista de ellas, preguntándose cuál sería su significado.

—Las dos últimas fueron escritas muy juntas —comentó Diego—. Y por una mano sumamente temblorosa.

—¿No podría ser que escondiera la espada en alguna chimenea situada en un punto u otro? —propuso Pete.

—¿De las inmediaciones del océano? —agregó Bob.

—¿Y qué significa aquí la palabra "lluvia"? —inquirió Diego.

—Tal vez aluda esto a una cisterna ahora seca y polvorienta en las proximidades de una chimenea al aire libre indicó Pete forzando sus razonamientos—. ¡Hay que reconocer amigos que esto es un galimatías! En resumen: ¡las palabras que estamos viendo no significan nada!

—¿Cómo es posible que mi tatarabuelo se decidiera a escribir algo que no significaba nada? —preguntó Diego.

—No puede ser —convino Jupiter—. Pero he de confesar que no entiendo absolutamente nada; no sé qué relación puede haber entre esas palabras.

—Cabe también la posibilidad —calibró Bob— de que don Sebastián no fuese quien escribió las palabras. Quizá habían sido escritas antes por otra persona.

—Yo no pienso igual que tú, Tercero. Estoy convencido de que don Sebastián se proponía dejar un mensaje para José. Y la pintura estaba a su lado —señaló Jupiter—. Es improbable, por otra parte, que alguien escribiera las palabras después de haberse producido su muerte. Si aquí se hubiese presentado alguien más tarde, habría encontrado los cadáveres, dando cuenta de su hallazgo a las autoridades o a quien fuera. Nosotros ya no hubiéramos podido tropezar con estos esqueletos. Sí, estoy seguro de que fue don Sebastián quien escribió las cuatro palabras...

—Quizás estuviese delirando, Primero —declaró Bob—. Estaba herido, en mal estado, iba a morir... Puede ser que ni siquiera se diese cuenta de lo que estaba escribiendo.

Jupiter hizo un gesto afirmativo.

—Es posible, sí. Pero, no sé por qué, tengo el convencimiento de que las palabras significan algo, tomadas en conjunto. Don Sebastián estaba seguro de ser comprendido por su hijo José. Cenizas... Polvo... Lluvia... Océano...

Las palabras parecían resonar entre las paredes de la cueva. Los chicos las repitieron mentalmente, como queriendo compenetrarse más con ellas, para descubrir su real significado. Concentrada su atención en aquello, tardaron algún tiempo en darse cuenta de que por los alrededores del recinto andaba alguien...

—¡Jupe! —exclamó Diego, de pronto—. ¿Qué ha sido eso? He oído un ruido extraño. ¡Por aquí arriba! —añadió, señalando el techo de la cueva.

—¡Es un rumor de pasos! —murmuró Bob—. ¡Alguien ha subido al Castillo del Cóndor!

—Serán esos tres vaqueros —aventuró Diego.

—Si es así, no lograrán localizarnos —aseguró Jupiter—. La entrada a la cueva ha quedado bloqueada.

Pete observó, alarmado:

—En el barro habrán quedado las huellas de nuestros pasos. Si las ven, no tardarán en presentarse aquí. No les costará mucho hacer saltar las piedras de la entrada. Y después...

—Salgamos de aquí —ordenó Jupiter.

Los cuatro muchachos se deslizaron por el angosto pasadizo, trasladándose a la antecámara del recinto. Se situaron a uno y otro lado de la bloqueada abertura, esperando silenciosamente en la oscuridad... Pronto oyeron unas voces fuera...

—Ya bajan —siseó Pete.

Ahora percibieron con más claridad aquellas voces, y también los pasos de los desconocidos, descendiendo por la ladera.

—Pegaros a las rocas a ambos lados de esta entrada —indicó Jupiter—. Si llegan a quitar las piedras y entran, no nos verán al principio. Aprovecharemos estos instantes para huir rápidamente.

Los pasos y las voces se percibían ya enfrente de la abertura temporalmente cegada. Eran tres voces distintas, roncas, amenazadoras...

—¿Qué dicen? —preguntó Bob, en un susurro—. No les entiendo.

—Yo tampoco —contestó Pete.

Los chicos aguzaron el oído. Las voces quedaban cerca de ellos, pero se notaban extrañamente apagadas.

—¿Por qué no intentan entrar aquí? —inquirió Diego.

—Tienen que haber descubierto nuestras huellas —dijo en un siseo Pete—. De lo contrario, esos tipos no se habrían plantado donde están.

Los Tres Investigadores y Diego estaban viviendo unos momentos angustiosos...

—Llevan ahí fuera diez minutos ya —susurró finalmente Bob.

El tiempo parecía haberse inmovilizado dentro de la cueva.

—Quince minutos —señaló Bob—. ¿Qué es lo que...?

Las botas de sus perseguidores llegaron a mover algunas de las piedras de la entrada. Resbalaban a veces en los guijarros... Las voces fueron desvaneciéndose. ¡Los tres hombres se habían ido!

Dentro de la pequeña cueva, los muchachos dejaron pasar otros quince minutos.

—¡No han visto la entrada! —exclamó Diego, por fin.

—No han llegado a localizarnos —añadió Bob.

—¡Qué extraño! —consideró Pete—. Tienen que haber estado siguiendo nuestras huellas al bajar. ¿Cómo es que no vieron el orficio? Aun en el caso de que haya oscurecido...

Jupiter fijó la mirada en las rocas que cubrían la entrada.

—¿Y cómo es que no entendimos sus palabras? De haber estado frente a esta cueva, hubiéramos debido comprender claramente lo que decían.

Por unos instantes, se quedaron silenciosos.

—Bueno —dijo Pete, por último—, empecemos a quitar piedras...

Bob apuntó su linterna sobre aquel punto. Entre los cuatro, hicieron saltar una de las grandes piedras utilizadas para tapar momentáneamente el orificio de acceso a la cueva. Luego, le tocó el turno a una segunda, y a una tercera... Allí no entró ninguna claridad, ni percibieron en sus rostros una corriente de aire fresco, como era de esperar...

Frenéticamente, quitaron todas las piedras que habían utilizado para bloquear la entrada.

Allí no entró ninguna luz, ni una ráfaga de viento, ni el agua de la lluvia.

—¿Qué es esto? —preguntó Diego—. ¿Dónde para la entrada?

Pete tanteó el hueco, llegando a tocar hasta el fondo del mismo.

—¡Esto es una roca! —le oyeron decir sus compañeros, con voz apagada.

—¿Quieres decir que esa gente ha cerrado nuestra única salida? —inquirió Bob, muy pálido.

Pete sacó lentamente la cabeza del hueco. El asombro había dilatado sus ojos.

—No, esos hombres no hicieron tal cosa. ¡Se produjo otro alud de cieno! Una gran masa rocosa se ha detenido en el orificio, quedando encajada en él. Por eso los tres vaqueros no descubrieron la depresión. Ahí fuera ya no hay ninguna abertura. Y por tal motivo no pudimos entender sus palabras, percibirlas claramente. Bueno, ¿qué vamos a hacer? ¡Hemos caído en una trampa!

CAPITULO 19

# Pete ve una luz

—¿Estás seguro de eso, Segundo? —preguntó Jupiter, serenamente—. Quizá no sea tan grande esta roca. Vamos a ver si entre todos podemos moverla.

Los cuatro chicos se esforzaron por juntar sus manos y brazos en el hueco de la entrada. Pete contó entonces hasta tres, momento en que unieron sus fuerzas, empujando al mismo tiempo...

Diego llegó a resbalar, yendo a parar al suelo.

—¡Uf! —gruñó Pete.

Bob y Jupiter hicieron lo que pudieron...

La roca no se movió un solo milímetro.

—No lograremos nada, Primero —se quejó Bob.

—Esto es como si quisiéramos mover la montaña en masa —agregó Pete.

Se retiraron de allí, sentándose, cabizbajos, en el suelo.

—No tenemos motivos para sentirnos presas del pánico —dijo Jupiter, calmoso—. Suponiendo que no lográramos salir de aquí, nuestras familias empezarían a buscarnos por todas partes mañana por la mañana, a más tardar. Pico pensaría en el Castillo del Cóndor. No pudimos entender lo que decían nuestros perseguidores, pero percibimos sus voces. También oiremos las de quienes anden buscándonos, y nos haremos oír por ellos.

Bob señaló, abatido:

—La verdad es que nuestra gente debe de haberse acostumbrado ya a este tipo de emergencias...

Pete gimió, dirigiéndose a Jupiter:

—¿Quieres decir que vamos a pasarnos aquí toda la noche?

El Primer Investigador manifestó, siempre animoso:

—Si no hay más remedio... La cueva no es mala. Estamos en buenas condiciones físicas, disponemos de espacio suficiente, podemos respirar sin dificultad. La verdad es que ya al entrar aquí me di cuenta de que el aire no estaba viciado. Dado el tiempo transcurrido desde el día en que quedó cerrada la abertura de esta cueva, habrá seguramente grietas u orificios en las rocas, que dejen pasar el aire. Creo que habrá alguna que otra salida más. Sugiero que empecemos a tratar de localizarla ahora mismo.

—Estoy de acuerdo con Jupiter —dijo Diego—. Y si nos movemos podremos conservar mejor el calor de nuestros cuerpos.

Bob paseó de un sitio para otro el haz luminoso de la linterna, bajo la atenta mirada de sus amigos, quienes estudiaron los muros y el techo de la pequeña cueva. No hallaron nada que pudiera hacerles pensar en otra salida.

—Este muro, por aquí, hacia la izquierda, es terroso —indicó Jupiter—, notándose cierta humedad. Quizá pudiéramos abrirnos paso...

—Siempre que dispusiéramos de las herramientas apropiadas —objetó Pete—, de las cuales carecemos. Además, no tenemos la menor idea sobre el grosor de la pared.

Jupiter hizo un gesto afirmativo.

—¿Por qué no pasamos a la cueva grande, a fin de comprobar si en ésta existe una salida?

—Ya llevamos a cabo una inspección en ella, Primero —recordó Bob.

—Es verdad. Sin embargo, ¿por qué no probar suerte de nuevo? Además, quiero echar otro vistazo a las palabras escritas por don Sebastián.

Se deslizaron por el estrecho pasadizo, internándose en la cueva de los esqueletos. Las calaveras parecían contemplar los movimientos de los chicos con una sonrisa de burla. A la luz de la linterna de Bob, llevaron a cabo otra exploración. Se notaban allí corrientes de aire, pero no había nada susceptible de ser utilizado como vía de salida de su prisión.

—No hay más remedio que esperar la ayuda de los de fuera —concluyó Bob—, o bien dedicarnos a excavar en el otro recinto.

—¡Vaya un dilema! —se lamentó Pete—. No quiero continuar aquí ni ponerme a excavar.

—Puesto que, al parecer, tendremos que pasar aquí la noche, os propongo una cosa a modo de entretenimiento —dijo Jupiter—: tratemos de descifrar esas palabras: Cenizas... Polvo... Lluvia... Océano...

—Para mí son un verdadero galimatías —no tuvo inconveniente en confesar Pete, con toda llaneza.

Fijaron la vista en las cuatro palabras españolas. Jupiter las estudió una vez más, muy caviloso.

—Diego tenía razón al afirmar que las cuatro palabras no se hallaban espaciadas simétricamente. El nombre "Cenizas" está solo, lo mismo que "Polvo", pero, en cambio, "Lluvia" y "Océano" se encuentran más juntas. Pudiera haber habido, incluso, un guión entre las dos, como si don Sebastián hubiese querido que fuesen leídas a un tiempo. Hay que interpretar el mensaje así, pues: "Cenizas... Polvo... Lluvia-Océano". ¿Qué os dice esto, amigos?

—Nada —replicó Pete, rápidamente.

Diego contestó:

—La lluvia y el océano representan el agua.

—Exactamente —asintió Jupiter—. Ambas cosas vienen a ser eso.

—Puede ser que lluvia y océano representen entonces la misma cosa —sugirió Bob—. Estoy pensando en algo que todos sabemos: que la lluvia se origina mediante el vapor de agua formado sobre los océanos. El vapor se licúa en el aire, cayendo en forma de lluvia, para dar lugar a los ríos, etcétera.

—De acuerdo —convino Jupiter—. El agua de la lluvia proviene del océano, volviendo posteriormente a éste. ¿Qué relación guarda esto con "polvo" o "cenizas"?

—El polvo proviene de las cenizas —declaró Diego—. Es decir, aquél podría provenir de éstas...

—Las cenizas no provienen del polvo —puntualizó Pete—. Nada, no hay manera.

—No os desaniméis, amigos —propuso Jupiter—. Tiene que haber alguna relación especial, alguna pista común, en las cuatro palabras. ¿Qué mensaje pudieron comunicar a José?

Sus oyentes guardaron silencio.

—Seguid pensando en esto mientras volvemos a la pequeña cueva para ver si excavando podemos salir de aquí.

—Para ese trabajo podríamos valernos de los viejos rifles —apuntó Pete.

Bob miró en su bolsa de herramientas.

—¿De qué puede servirnos aquí un destornillador? Bueno, para excavar, en la presente situación.

De vuelta a la otra cueva, los chicos estudiaron la zona terrosa correspondiente a la izquierda de la bloqueada entrada. Se notaba húmeda.

—Ha estado lloviendo toda una semana, casi sin parar —destacó Pete—, y todo lo que se encuentra uno aquí es alguna humedad. Debe de haber una distancia respetable entre nosotros y la superficie exterior de la roca. Bueno, concretémosla —añadió, con una sonrisa.

Valiéndose de los cañones de los antiguos rifles, el destornillador y algunas piedras pequeñas y planas que pudieron encontra, empezaron a excavar. El piso, al principio, estaba muy duro, pero a medida que avanzaban en su tarea la tierra era más suelta, menos compacta, progresando con más rapidez. Después, empezaron a dar con piedras de pequeño tamaño, que hubieron de extraer para poder continuar.

Sudaban. Tenían las manos y las ropas manchadas. Las horas fueron pasando y comenzaron a sentirse cansados y hambrientos. Finalmente, la fatiga les impidió seguir. Tendiéronse en el suelo, quedándose dormidos. No se despertaron hasta el amanecer, según comprobaron por sus relojes. En la cueva reinaba la oscuridad. Las baterías de la linterna de Bob estaban agotándose. Reanudaron su tarea, con más furia que horas atrás.

Eran las siete y media cuando Pete lanzó una exclamación.

—¡Veo una luz! —dijo.

Frenéticamente, con renovado ardor, se lanzaron sobre el hoyo que habían abierto, trabajando como locos. La abertura fue haciéndose mayor; la luz era más perceptible. Por último, dispusieron de un orificio suficientemente grande para que pudieran deslizarse por él. Parloteando alegremente, fueron saliendo por el mismo, plantándose, bajo la lluvia, en la despejada ladera de la elevación.

—¡Caramba! —dijo Pete—. ¿Oís ese ruido?

El rugido violento del agua en el gran cauce parecía invadirlo todo. Diego señaló hacia el embalse.

—¡Se ha derrumbado la mitad del muro! —informó.

—¡Ha desaparecido bajo las aguas el promontorio! —declaró Bob.

Jupiter hizo que sus amigos concentraran luego su atención en el arroyo, a sus pies. Era ahora un ancho, profundo y turbulento río, verdaderamente. La masa líquida, al saltar sobre el destrozado muro, había ocultado el promontorio que separaba el gran cauce del arroyo. El impresionante torrente fluía en dirección al mar.

—¡Caracoles! El agua debe de haber llegado ya más allá de vuestra hacienda —dijo Bob a Diego.

De pronto, los ojos de Jupiter brillaron intensamente.

—¡Ya está, amigos! —exclamó, como extasiado—. ¡Ésa es la respuesta!

*CAPITULO 20*

# La espada de Cortés

—La respuesta... ¿a qué? —inquirieron Pete y Bob a un tiempo.

Jupiter se disponía a contestarles cuando vio de repente unas figuras que avanzaban por la distante carretera principal.

—¡Por ahí vienen unos hombres! —avisó—. De ser los vaqueros de antes...

Pete se colocó la mano a modo de visera sobre los ojos. En efecto, cuatro hombres iban acortando la distancia que les separaba de ellos. Estaban en el camino que los chicos recorrieran para ir a la hacienda tras haber luchado contra el fuego, una semana atrás.

—¡Es mi padre! —exclamó Pete—. ¡Y el señor Andrews! Están acompañados del *sheriff* y el jefe Reynolds.

Los cuatro muchachos bajaron corriendo por la ladera, para salirles al encuentro.

—¡Pete! —dijo el señor Crenshaw—. ¿Estáis todos bien?

—Muy bien, papá —contestó el chico, sonriente.

El señor Andrews miró, muy serio, a su hijo.

—¿Qué estuvisteis haciendo aquí toda la noche?

—No pudimos evitarlo, papá —respondió Bob, quien procedió a contar a su padre la experiencia vivida en la cueva—. Un alud de cieno abrió aquel recinto para nosotros, y otro lo cerró. Pero conseguimos averiguar qué fue lo que le sucedió a don Sebastián Álvaro. y a aquellos tres soldados americanos.

—Aclarando así otro antiguo misterio —remató el jefe Reynolds, muy satisfecho.

—Pero habéis hecho pasar a vuestros padres unas horas de angustia —manifestó el *sheriff,* severamente—. Pico Álvaro nos puso al corriente de todo lo que estabais haciendo para ayudarle a salvar su rancho, y hemos estado buscándoos a lo largo de casi media noche. Tu tío, Jupiter Jones, en compañía de dos amigos, el señor Norris y sus hombres, se hallan explorando la otra orilla del cauce. Sería mejor que nos explicarais con detalle cómo llegasteis a introduciros en esa cueva...

—Sí, señor —dijo Pete—. Nosotros...

Jupiter le interrumpió:

—Se lo explicaremos todo, señor, camino de la hacienda. Quiero evitar que mi tío siga estando preocupado. ¿No podría usted decirle por radio que nos veremos todos dentro de poco en la finca de los Álvaro?

—De acuerdo.

El *sheriff* se valió de su emisor-receptor para convocar a los demás en la destruida hacienda, y los chicos procedieron a referirle sus aventuras. Aludieron a la búsqueda de la desaparecida espada y a los momentos de apuro que vivieron por culpa de los tres vaqueros. Al entrar en la hacienda, estaban ya al tanto de todos sus pasos precedentes.

Allí estaba tío Titus, con Hans y el hermano de éste, Konrad, aparte del señor Norris, a quien acompañaban Skinny, Cody, el capataz, y otros dos hombres.

Un ayudante del *sheriff* les aguardaba en el coche de éste. Tío Titus se apresuró a abordar a Jupiter.

—¿Te encuentras bien, Jupiter? ¿Estáis todos bien?

—Todos nos encontramos sin novedad, tío Titus.

Skinny se acercó al grupo con el señor Norris y Cody.

—La de tonterías que sois capaces de hacer, muchachos —señaló Skinny, irónico.

—Ya está bien, Skinner —saltó el señor Norris, secamente—. Me alegro de que no os haya pasado nada malo, chicos.

—Ahora —pidió el sheriff— explicadnos por qué razón esos tres vaqueros andaban detrás de vosotros.

—Porque ellos se las arreglaron para que Pico apareciera como el causante del incendio en el bosque —repuso Pete, con viveza—. ¡Fueron ellos, quizá, quienes pegaron fuego a la hacienda!

Cody manifestó, con desdén:

—Álvaro fue el culpable de ese incendio. Es demasiado irresponsable para regentar un rancho en estos parajes.

—Mañana ya no tendrá ocasión de explotar ninguno —dijo Skinny, riendo.

El señor Norris frunció el ceño.

—Te he dicho, Skinner, que ya estaba bien, que te callaras. A usted también le digo lo mismo, Cody. —El hombre miró a Jupiter—. ¿Eres tú capaz de probar que Pico Álvaro no fue el autor del incendio?

—Nosotros sabemos que no fue él, señor Norris —replicó el Primer Investigador—. Pico llevaba puesto su sombrero a las tres de la tarde aquel día. Por entonces nos hallábamos con él junto a la escuela central. Como el *sheriff* dijo que el incendio empezó antes de la hora indicada, Pico no pudo haber perdido su sombrero en aquella hoguera.

Medió Bob:

—Skinny... Bueno, Skinner, quiero decir, y el señor Cody, vieron a Pico también en aquel lugar, tocado con su sombrero.

—Yo no recuerdo haberle visto con ningún sombrero —informó Skinny.

—Porque no lo llevaba —añadió Cody.

—Lo llevaba, señor —insistió Jupiter, con firmeza—. Y seguía llevándolo cuando nos presentamos en la hacienda más adelante aquella tarde. Lo dejó colgado en el granero y al empezar el incendio salió corriendo, olvidándolo allí. No llegó a arder con el granero. Los tres vaqueros se presentaron en éste, y cuando todo el mundo estaba luchando contra el fuego robaron el sombrero, colocándolo en las inmediaciones de la hoguera para inculpar a Pico.

—Tú no puedes probar lo que dices —gruñó Cody—. ¿Por qué habían de querer esos vaqueros que Pico apareciera como culpable del siniestro? ¿Dónde paran esos hombres?

Jupiter no hizo caso de las palabras del capataz.

—Acusaron a Pico porque fueron ellos quienes, imprudentemente, encendieron la hoguera. Estoy convencido de que pegaron fuego también a las construcciones de la finca.

—¿Puedes probar eso, Jupiter? —inquirió el jefe Reynolds.

—¿Y dónde pueden ser localizados los vaqueros en cuestión? —quiso saber el *sheriff*.

—Me figuro que podrá encontrarlos usted en el rancho de Norris.

El señor Norris manifestó, irritado:

—¿Estás sugiriendo que yo tengo algo que ver con esos hombres y con lo que ellos han hecho, muchacho?

—No, señor. No creo que usted se halle informado con respecto a ellos. Pero hay alguien aquí que no se encuentra precisamente en su caso. Los tres individuos no se presentaron solos en el granero a la hora de robar el sombrero de Pico, ¿verdad, Skinny?

—¡Skinner!

El señor Norris miró fijamente a su hijo.

—¡Se ha vuelto loco, papá! —exclamó el muchacho.

Jupiter sacó de uno de sus bolsillos unas llaves.

—Estas llaves las encontramos en el granero. Los vaqueros las buscaban. Éste es el motivo de que nos persiguieran. Deseaban quitárnoslas. Al apoderarse del sombrero de Pico, las perdieron aquí. Me figuro que corresponden a la "ranchera" del señor Norris.

—¿A nuestra "ranchera"? —chilló aquél.

—Estoy seguro de que es así, señor —continuó diciendo Jupiter—. Podríamos probarlas... O si no, que nos enseñe Skinner su juego de llaves, para compararlas con éstas.

—¡Skinner!

El señor Norris tornó a mirar fijamente a su hijo.

—Yo... yo... —tartamudeó Skinny. Repentinamente, fijó la vista en Cody—. Se las di a Cody, papá. Él me dijo que había perdido las suyas durante el incendio en el bosque. No me comunicó...

—¡Maldito cobarde! —saltó Cody—. Pues sí, esas llaves son las mías. Se me cayeron en el granero, al coger el sombrero mexicano, y Skinny estaba bien informado de todo.

Todas las cabezas se volvieron hacia el capataz.

—Esos torpes vaqueros son amigos míos —informó con voz muy irritada el capataz—. Tenían ciertas dificultades y recurrieron a mí. Les debía un favor... Les dejé acampar y esconderse dentro de la finca del señor Norris. Los muy idiotas encendieron un fuego, pese a haberles advertido yo que no lo hicieran, y provocaron el incendio. Yo sabía que si el señor Norris se enteraba de lo ocurrido me despediría, así que me trasladé a la hacienda, localizando el sombrero de Pico en el granero. Me lo llevé, para ponerlo más tarde en las inmediaciones de la hoguera que encendieron mis amigos. Lo malo fue que perdí en el mismo sitio las llaves de la "ranchera".

El *sheriff* preguntó, ceñudo:

—¿Por qué no se detuvo a buscarlas?

—Tenía prisa. Había de colocar el sombrero donde ya he dicho —contestó Cody, muy nervioso ahora—. Temíamos ser descubiertos, y...

—Y me figuro que el granero había empezado a arder ya —aventuró Pete.

—Sí —repuso Cody, abatido—. Pero yo no fui el autor de eso. Yo no quería causar ningún daño, ni perjudicar a nadie. Sólo deseaba evitar que el señor Norris se enterara de que Cap, Pike y Tulsa habían acampado en sus tierras, originando aquel incendio. Esos estúpidos vaqueros se enteraron, por habérmelo oído decir a mí, que nosotros deseábamos entrar en posesión de la hacienda de los Álvaro, y creyeron serme de utilidad pegando fuego a lo que aquí había. Me enteré de esto demasiado tarde. ¡Y mis llaves se habían quedado dentro del granero!

—No nos negará usted que hizo cuanto estuvo en sus manos para evitar que ayudáramos a los Álvaro —manifestó Bob, indignado—. ¡Usted y Skinny! Nos acechaban, escuchaban nuestras conversaciones agazapados debajo de las ventanas, ¡intentaban asustarnos!

—¡Estaba cumpliendo con lo que exigía mi puesto! —protestó Cody.

—Un puesto que ya ha perdido —saltó el señor Norris—. Coja sus cosas, Cody, y márchese. Está despedido. —El hombre miró a Skinny—. Tú y yo hablaremos más tarde, jovencito.

—Puede coger sus cosas —medió el *sheriff*—, pero le acompañará mi ayudante. Queda arrestado por haber inculpado a Pico Álvaro y, probablemente, por incendiario.

El sheriff y su ayudante condujeron a Cody hasta su coche. El señor Norris ordenó a su hijo que subiera a la "ranchera". Luego, se enfrentó con los chicos.

—Deseo entrar en posesión del rancho de los Álvaro, y es posible que consiga mi propósito —declaró—. Ahora bien, nunca pretendí eso valiéndome de medios deshonestos. Lo siento.

Antes de retirarse en dirección a su coche, el jefe Reynolds dijo, sonriendo:

—Habéis conseguido demostrar la inocencia de un hombre injustamente acusado, muchachos. Pico abandonará la cárcel inmediatamente. .Bien por todos vosotros!

Tío Titus echó un vistazo a su reloj, ordenando a Hans y a Konrad que llevaran allí la camioneta del "Patio Salvaje" de los Jones.

—Seguramente, muchachos, estaréis deseando asearos y comer algo —dijo a los Tres Investigadores y a Diego—.

Luego, ya veremos si estáis en condiciones de iros a la escuela.

—Quisiéramos estar aquí un cuarto de hora más, todavía —dijo Jupiter—. Creo que no necesitaremos más tiempo...

—¿Qué dices? —Tío Titus parecía sentirse perplejo—. ¿Con qué fin, Jupiter?

—Sí, ¿para qué, Primero? —preguntó Bob.

—Desde luego, para impedir que el señor Norris pase a ser el propietario del rancho de los Álvaro —repuso Jupiter, un tanto solemnemente—. Y para eso, hemos de localizar la espada de Cortés.

—No me acordaba de ella —proclamó Diego—. Tú nos dijiste que habías dado con la respuesta...

—Y así es —informó Jupiter—. Seguidme.

El Primer Investigador echó a andar por la carretera principal, avanzando tras él sus amigos y tío Titus. La lluvia había cesado y el sol de la mañana intentaba abrirse paso entre las nubes. Cuando el grupo se acercaba al puente sobre el arroyo, Jupiter se detuvo.

—¿Os acordáis de aquella anotación del diario del teniente americano, en la que él decía haber visto a don Sebastián en una prominencia, al otro lado del cauce, a caballo y empuñando una espada?

—Claro —repuso Pete—. Eso era erróneo, ya que llegando desde la hacienda no existe elevación alguna al otro lado del cauce.

—Pues la hay ahora —manifestó Jupiter, con aire triunfal—. Y la había en 1846. ¡Mirad!

Más allá del arroyo, en aquellos montículos un turbulento torrente, ¡la estatua del caballo decapitado se destacaba limpiamente sobre su gran elevación!

—En 1846 y antes —razonó Jupiter—, el Santa Inés debió de estar bifurcado. Nosotros no podíamos observar esto en los mapas antiguos de la región porque en ellos se confunden fácilmente las líneas de los arroyos y de los cauces grandes. Pero en 1846, cuando el teniente estuvo aquí, el arroyo que a nosotros nos interesa era de mayor tamaño. Un deslizamiento de tierras en la ladera, cerca del embalse, formó ese promontorio, seguramente, bloqueando uno de los ramales del cauce. Puede ser que el terremoto que cegara la cueva provocase al mismo tiempo dicho deslizamiento... El caso es que la mitad del cauce se convirtió en arroyo, quedándose en seco desde entonces. Todo el mundo se olvidó de lo que fuera anteriormente.

—En consecuencia, el teniente tenía razón —concluyó Bob—. El hombre vio a don Sebastián sobre una elevación, al otro lado del cauce del Santa Inés. Lo vio en su estatua... Se figuró que se hallaba ante un caballo real porque, no siendo de aquí, ignoraba la existencia de aquélla.

—Exactamente, Tercero.

Jupiter llevó a sus amigos al otro lado del puente, empezando a ascender por la empinada ladera. Pete fijó la mirada en el caballo decapitado, que se destacaba claramente contra el ahora despejado firmamento.

—Don Sebastián debía de haber estado escondiendo la funda de la espada cuando el teniente le vio —dijo el Segundo Investigador—. Por tanto, ¿piensas tú que hay en la estatua alguna pista que nosotros pasamos por alto?

—Cenizas... Polvo... Lluvia-Océano... —recitó el Primero de los Tres Investigadores—. Yo estaba convencido de que éste constituía el último mensaje de don Sebastián a su hijo José. ¡Y no me equivocaba! Pensad en esto, amigos... El agua de la lluvia proviene del océano, y vuelve al océano al final. ¿Adónde vuelven las cenizas? ¿Adónde vuelve el polvo? Los españoles de California eran personas muy religiosas. Ellos...

—¡Las cenizas... a las cenizas! —exclamó Diego.

—¡Y el polvo al polvo! —concluyó Bob—. La frase de los servicios religiosos en el entierro... Eso significa que al final todo vuelve al lugar de donde vino. ¿Dónde empezó todo?

—¡En efecto! —dijo Jupiter—. Don Sebastián, malherido, disponía de muy poco tiempo. Y entonces escribió una pista que sería comprendida en seguida por José, estaba seguro de ello. Sabía que José comprendería que había intentado evitar que los americanos se apoderasen de la espada. Escribió esas cuatro palabras para revelar a José el paradero del arma: ¡el punto de donde había salido! ¡Con el propio Cortés!

Llegados a la cumbre de la elevación, todos se quedaron mirando el decapitado caballo, con su barbudo jinete proyectándose orgullosamente sobre las tierras de los Álvaro.

—¿Quieres decir que, en fin de cuentas, la espada fue escondida en la estatua? ¿Exactamente igual que la funda? —preguntó tío Titus.

—La estatua fue inspeccionada ya —protestó Diego—. No hay ningún hueco en ella donde esconder una espada.

—No irás a decirnos que la enterró, ¿eh? —gimió Pete—. Yo he excavado ya todo lo que tenía que excavar a lo largo de mi vida.

—No, Segundo —replicó Jupiter—. No creo que tengamos que dedicarnos a eso de nuevo. Recordaréis que nos

preguntamos desde el principio por qué separó don Sebastián la espada de su funda de cuero... La funda en cuestión era una protección eficaz para la valiosa pieza. No obstante, él procedió así. Bueno, ¡pues ya sé la causa!

—¿Cuál es, Jupe?

—Explícate.

—¿Dónde está la espada, Primero?

Jupiter sonrió.

—¿Os acordáis del recipiente de la cueva, el que había contenido la pintura negra con que don Sebastián escribió su mensaje? La verdad es que utilizó la pintura para algo más. El hombre devolvió la espada al sitio de donde saliera. ¡El arma no está escondida *dentro* de la estatua sino *en* la estatua!

Jupiter extendió una mano, tirando de la espada de madera que colgaba junto al costado de la figura, también en madera, de Cortés. Se quedó entre sus dedos produciendo un ruido semejante al que produce una tabla al desgajarse de otra pese a los clavos. ¡Y se oyó un metálico tintineo al chocar accidentalmente contra el flanco del caballo sin cabeza! El Primer Investigador sacó su navaja y rascó la negra superficie de la vaina, en el preciso instante en que el sol se dejaba ver entre dos nubes.

En aquella parte brilló una larga hilera de piedras preciosas, con destellos rojos, verdes y azules. Unos diamantes centellearon contra la plata de la vaina...

—¡La espada de Cortés! —proclamó Jupiter, gozoso, mostrándola bajo la luz ahora fuerte del sol.

*CAPITULO 21*

# Alfred Hitchcock es testigo de nuevo del triunfo de la justicia

—"Las cenizas vuelven a las cenizas, y el polvo al polvo" —citó Alfred Hitchcock—. Un brillante mensaje de don Sebastián, mis jóvenes amigos, y una serie aún más brillante de deducciones por parte de nuestro inteligente Jupiter.

Unos días más tarde, los chicos se encontraban en el acogedor estudio del famoso director de cine. Habíanse presentado allí para referir su último caso y pedir al señor Hitchcock que escribiera algo a modo de presentación del relato escrito, a cargo de Bob. Acompañaba a los muchachos un agente armado, puesto que eran portadores de la espada de Cortés, que deseaban mostrar al señor Hitchcock. Se encontraba la misma ya sobre la mesa de trabajo de aquél. La pintura negra que cubriera el arma había desaparecido. Era una pieza deslumbrante, por efecto del oro, la plata y las piedras preciosas. Jupiter señaló una de las esmeraldas. Era la piedra que hallaran en la cabaña, ahora ya encajada en su sitio.

—Se trata, verdaderamente, de una rara espada y de un auténtico tesoro —comentó el señor Hitchcock, acariciando más que tocando la fabulosa pieza, envidiando la suerte de los chicos—. Así pues, los Álvaro se han salvado... ¿Y qué ha sido de quienes causaron tantos incidentes y hasta daños?

—Tal como yo me había figurado, el *sheriff* localizó a los tres vaqueros en las elevaciones del rancho Norris —explicó Jupiter—. Al parecer andaban escondidos por allí, gracias a la ayuda que les prestara Cody. Las autoridades de Texas estaban interesadas en su detención, por haber cometido un robo. Admitieron haber incendiado la hacienda de los Álvaro, de modo que sobre Cody no pesa ya tal acusación.

—¿Ha sido puesto en libertad entonces el bribón de Cody? —inquirió el director de cine.

—No, señor —dijo Bob—. Se le acusa de haber inculpado a Pico, de haber amparado a unos fugitivos de la justicia, de haber lanzado sus perros sobre nosotros, con la peor de las intenciones. Todo esto, por citar algunos cargos...

—¡Ah! —exclamó el señor Hitchcock, satisfecho—. Parece ser que durante algún tiempo estará libre de la preocupación de buscarse un empleo.

—Desde luego —agregó Pete—. Skinny ha salido bien librado, porque en realidad no hizo casi nada. Bueno, se le puede reprochar que haya guardado silencio sabiendo lo que Cody y los tres vaqueros hicieron. Los abogados de su padre lograron que todo fuese atribuido a la perniciosa influencia de Cody. El señor Norris se ha apresurado a mandar a su hijo a una escuela militar.

—Sin duda, del comportamiento de Skinner es responsable directo su padre, por haberse mostrado con él excesivamente indulgente —consideró el director de cine, con un suspiro—. Esperemos que no haya llegado demasiado tarde a ese centro militar. Una vida ordenada y disciplinada corrige muchos defectos. Bien, ¿y qué va a ser de la espada de Cortés ahora?

Jupiter respondió con una sonrisa:

—El señor Norris, al verla, quiso comprárnosla.

—Ofreciendo, por supuesto, menos dinero que otros, según hemos visto después —explicó Bob—. Me imagino que la codicia es uno de los peores defectos del señor Norris.

—Un banco local ha prestado a Pico y a Diego el dinero necesario para cancelar la hipoteca en seguida. De esta manera, los Álvaro no tendrán que precipitarse en su decisión acerca del destino definitivo de la espada...

—¡Pero qué generosos son los hombres de la banca! —comentó el señor Hitchcock, burlón—. Una acción rápida, sí, señor. Los banqueros se presentan como mecenas de las artes... ¡Y prestan dinero cuando uno no lo necesita!

—Ciertamente —explicó Pete—, Pico y Diego se inclinan por vender la espada al Gobierno mexicano, con destino a su Museo de la Historia Nacional, pese a que la suya no es la oferta más alta. Pico dice que la espada pertenece a la historia de México y a la familia Álvaro.

—He ahí una decisión que honra a esos muchachos —declaró el gran director de cine.

—El Gobierno mexicano va a facilitar a los Álvaro más de lo que éstos precisan para pagar el préstamo que les han hecho, reconstruir la hacienda y dotar a ésta de los elementos precisos en una buena explotación. Dispondrán hasta de dinero para comprar el rancho de Norris —concluyó Jupiter, sonriente.

El señor Hitchcock miró al muchacho, asombrado.

—¿Es que el arrogante Norris ha abandonado su proyecto de convertirse en un poderoso terrateniente?

—Sí, señor —dijo Pete, riendo—. Parece ser que Pico se halla en condiciones de poder demandarle por los daños que causó Cody... Cuando Norris supo esto, ofreció en venta sus tierras a los Álvaro, a muy bajo precio... ¡Todo con tal de que no lo llevara a los tribunales!

—Por tanto, Pico y Diego podrán recuperar buena parte de lo que en otro tiempo constituyó el patrimonio de su familia —agregó Bob.

El señor Hitchcock soltó una alegre carcajada.

—¡Estupendo! —exclamó—. ¡Cómo se han vuelto las tornas! Hay ocasiones en que la justicia acaba triunfando en toda la línea. Éste es un caso que yo presentaré con mucho gusto.

Los chicos le dieron las gracias por ello, saliendo del despacho con la espada y en compañía del agente. El señor Hitchcock los despidió con una sonrisa. Desde luego, la justicia había quedado bien servida en el caso del Caballo Decapitado. El famoso director de cine, indudablemente, figuraría en la siguiente aventura de los Tres Investigadores.

FIN